Tiara Label

ティアラ文庫

かつて助けた騎士様が領主になって求婚してきたのですが!?

柚原テイル

JN172947

プランタン出版

Contents

※本作品の内容はすべてフィクションです。

【プロローグ】五年前の人助け

マリベルは薬草を摘む手を、そっと止めた。

森に入って採取するのは、十三歳にもなると、薬師である母の手伝いだけではなく、見習いとしての仕事でもある。

煎じたり、煮たり、刻んだり、干したりする作業よりも全身で自然を感じられるので心が落ち着くのだけれど、今日はなぜか胸がざわついていた。

――なんか、今日は森がおかしい。

しゃがんだまま、振り返るように木々を仰ぎ見る。そのはずみで、亜麻色の髪が微かに揺れ、紫色の瞳は森の緑を映して、やや暗くなった。

瞳に映るのは見慣れた景色で、特に変わったことは感じられない。

「こんなときは、どうするんだっけ……」

のんびりしていては、いけない。

この辺りは村に近いとはいえ、危険な獣や盗賊がいないとも限らない。森に入るのならば、常に勘を研ぎ澄ませておくようにと、母からきつく言われていた。

「…………」

手にしていた薬草を籠に入れて、素早く立ち上がる。

静かな森の中で、母のおさがりを直した簡素なエプロンワンピースがさらりと小さな衣擦れの音を立てた。

ブーツで下草を踏みしめ、マリベルはタッタッと早歩きで、獣道を引き返す。

ここはマリベルが暮らしている、ブリックラント王国のウォルド領にある小さなレンツ村だ。村の周りは森になっているので、住人はほぼ自給自足の生活をしている。

時々、行商から何かを買うぐらいで、少ない人口の村は森の恵みで事足りてしまう。

そんな何もない村に、数日前、大きな変化があった。

大きな盗賊団の住処が見つかったので、対処するために騎士団が派遣されてきたのだ。

レンツ村での被害はまだなかったけれど、近くの村では盗賊が出没していると聞いていたので、村の人たちは騎士団の到着に安堵した。

彼らが来て数日が経過し盗賊を目撃した話も聞かないから、もう安全だろうとマリベルは森へ入ったのだけれど……。

――――もしかして……鳥の声がしない!?

マリベルは、気を引き締めながらさらに歩く速度を上げた。盗賊の残党がこの辺りに潜んでいるのかもしれない。

早く村へと戻らなくては。

不安な気持ちは大きくなるばかりで、気づけば駆足になっていた。すると突然、視界の隅で繁みがガサッと音を立てて揺れる。

マリベルは反射的に足を止めた。

「だ、だれっ?」

息を潜めて、逃げなければいけないのに、恐怖に負けて声を上げてしまう。返事をするように、再びガサガサと繁みが揺れて、すぐに男の人の呻き声が聞こえてきた。

「そこに……だ……れか、いるのか……? っ……」

盗賊かと思い、身体を強ばらせるも、繁みからぬっと出てきたのは、黒と銀の軽鎧姿の男性だった。

「騎士様?」

騎士団の使者が村へと事情を説明しに来たところを、遠目に見たことがあった。

彼の右手は左の肩を押さえていて、そこから血が出ている。他にもたくさんの小さな傷がマリベルの目に飛び込んできた。

「けがをしてるの？　たいへん！」

男の人に対する怖さも忘れて、騎士へと駆け寄った。

村で治療は薬師である母の仕事だった。だから、その手伝いをしていたマリベルも怪我の程度は見ればわかる。

彼の傷は今まで見た中で、一番ひどいように見えた。

「……子供か。怖がらなくていい。俺は王国の騎士だ……誰か大人を呼んできてくれ」

「歩けるなら、家へきたほうがはやいです。私はマリベル、お母さんが薬師なの」

出血がひどいので、マリベルが人を呼んでくる間に、血の匂いで獣が寄ってきてしまうかもしれない。

自分の足では急いで森を出ても十五分はかかる。往復で三十分、その間に彼が出血で意識を失ってしまったらと考えると、一人で置いていくのは危険だ。

「……それは、運がいい……俺は、オスカーという名だ。騎士が捜していたら、名を伝えてくれ」

「わかりました、オスカー様。私の肩に右手で体重をかけて」

マリベルは薬草の籠を獣道へ置くと、手ぶらになった身体をオスカーへ近づけた。彼が戸惑ったように、立ち尽くすのがわかる。

「その籠はいいのか？　お前の仕事だったのでは……」

「後でだれかが気づいたらきっと持ってきてくれます。だからはやく」

オスカーの右側にするりと入ると、マリベルは彼の腕を自らの肩へ回した。

近くで見ると、彼の瞳は綺麗な鳶《とび》色で、赤茶色の髪をしている。マリベルよりも年上だけれど、どのぐらい上なのかはよくわからない。

「歩けますか？」

「……いや。これだと潰してしまいそうだ。やはり大人を呼んできてくれ」

体重を少しもかけないで前へ一歩進むと、オスカーが小さく呻く。

村の人間からすれば、偉い騎士様なのに、傷だらけでもマリベルの身を心配してくれているみたいだ。

「だいじょうぶです。母の仕事をてつだって毎日のように森にはいっているので、力はつよいほうだとおもいます。それに……はやくしないと手おくれになるかもしれません」

マリベルは、必死に母のマネをして、オスカーを説得した。

ツバをつけておけば治ると、怪我を甘くみる人は多い。そんな時、母は決まって彼らへおおげさに言って、怖がらせて、治療を受けさせていた。

「ぐっ……わかった。だが、無理だと思ったらすぐに言え。それに進むのもゆっくりだ」

オスカーの提案にマリベルは頷いた。

するとおずおずと彼が肩へ体重をかけてくる。これは籠に大きな果実をいっぱい積んだ時よりも重い。

「これで、どうだ？」

「いきましょう」

内心では無理だと言いたかったけれど、マリベルは進むことを促した。きついけれど、歩けないわけではない。彼一人を森に置いていくという選択肢は、もう自分の中にはなかった。

足にぐっと力を入れて、オスカーを支える。

すると彼は気遣いながらも支えられているのとは逆の足を一歩出す。それを追うようにして、今度はマリベルが支えて一歩進む。

初めはゆっくりと左右一歩ずつで、これだと森を出るのに陽が暮れてしまうかと思ったけれど、次第に二人の呼吸があってきてだんだんと速くなっていく。

それでもマリベルの足で十五分のところを、たっぷり一時間ほどかかってなんとか村へと辿り着いた。


数日後、マリベルの家の診療用のベッドの上には、手当され、療養中のオスカーの姿があった。

「そろそろ身体を動かしてもいいんじゃないか?」

「だめです。お母さんにきつく言われています」

朝、マリベルの顔を見るなり、オスカーが尋ねてくる。それに対して、大きく首を横に振るのが日課になっていた。

「すごい大けがだったんですよ。二日間も、目がさめなかったし」

唇を突き出して言うと、オスカーの表情が曇る。

心配させたことを後ろめたく思っているのだろう。だから、彼が無茶をしようとすると、マリベルは何度でもその時のことを口にした。

こうしないと、本当にオスカーは今すぐにでもここを飛び出して騎士に戻ってしまいそうだからだ。

「動かさないと、身体が鈍る」

「治るのがおそくなってもいいのなら」

「…………」

むぅと呻く声が聞こえてきて、起き上がろうとしていたオスカーは諦めたらしく、再び巨体をベッドに埋めた。

――あの時は、本当にびっくりしたんだから。

助けた時のことを思い出す。

マリベルがオスカーと一緒に森から戻った時、村は騒然としていた。

盗賊団の生き残り数名がこの辺りにいるかもしれないと騎士団から連絡があったからで、森に入ったマリベルが戻ってきたことに皆が安堵する。

一緒にいるのが行方不明になって騎士団が捜していた騎士だとわかると、大人たちがさらに慌ただしくなった。

何でも壊滅させたと思っていた盗賊の生き残りが、帰還中の騎士団を奇襲したらしい。

それを食い止めるために一人で注意を引いて、団から離れ、行方がわからなくなっていたのが、オスカーというわけだ。

彼は村の男たちの手で、すぐにマリベルの家に運び込まれたのだけれど、安堵したのか、そのまま意識を失ってしまった。次に目覚めたのはそれから二日後だ。

母ルチアが治療するところをマリベルも見ていたが、細かく診察した彼の身体は、思っていたよりもずっとひどかった。

切り傷は無数にあり、数カ所からは血が止まらず、また刃に塗られていた毒で青くなっている場所さえある。

すぐさま母は解毒し、傷口を丁寧に消毒して、切り傷に効く薬草を湿布した上で、清潔な布できつく縛った。

それらの処置は毎日、根気よくする必要がある。

マリベルは自分から進んで、その補助と、彼の身の回りの世話係を母に申し出た。

自分が見つけて、運んできたので、面倒を見ないといけないと勝手に思い込んでいたから。

「もうすぐ母がくるので、それまでおとなしくしててください」

だから、こうして朝起きると必ず彼の様子を見にいく。最初に彼が目を覚ました時は、本当に心臓が止まるかと思ったほど驚いた。

「しかし、寝ているだけでは、暇だ」

暇というより落ち着かないようにみえた。騎士だから、怪我をする前は、常に身体を動かして、鍛えていたのだろう。

「じゃあ、何かおはなしをしてくれませんか？」

彼の気が紛れればと思ったのと、マリベル自身の興味もあってお願いしてみる。村を出たことなど一度もないので、外の生活に憧れていた。

「はなし？　得意ではない」

「べつになんでもいいんです」

「……」

ぼそりと答えた後、彼は黙ってしまった。

あまりおしゃべりは得意ではないのかもしれない。森に住んでいて、滅多に姿を見せない狩人のおじさんと同じだ。

けれど、マリベルとしては無言のままだと気まずいし、外の世界のことを聞く、数少ない機会なので、なんとか話を続けようとした。

「オスカー様はどうやって騎士になったんですか？」

「特に面白いことはない」

「聞きたいです。おねがいします」

期待の眼差しを向けると、困ったような顔で眉間に皺を寄せながらも彼は話し始めてくれる。

「俺は、ここと同じような、小さな村の生まれだ」

「そうだったんですか!?」

おおげさではなく、マリベルは驚いた。

兵士と違って、騎士は、それなりに身分の高い家の者がなるものだ。過去には平民から貴族になった伝説のような人もいたらしいけれど、それ自体、真偽も定かではない。

だから、村人にとっては天の上といっても過言ではない存在だった。

彼が大けがをして戻ってきた時、村の大人たちが慌てたのもそのせいだろう。もし、手当をしたのに死んでしまったら国から責任を問われかねなく、面倒事になる。

「そういえば同じだ」

「……?」

首を傾げる。何が同じなのかと問いたかったけれど、じっと待つことにした。

あまりおしゃべりになれていないから、ゆっくり言葉を選んでいるのだ。なんとなく雰囲気でそう思う。

母の診療にくっついて、今まで色々な人を見てきたのでわかった。

「俺の村も近くに盗賊団が住み着いて、騎士団が助けてくれた……それを見て、俺は人を守る騎士になろうと決めた。そこからは必死だった」

思い出しているのか、部屋の天井を見つめながらオスカーが話す。

村の同世代の男の子たちも、今回のことで同じように騎士を目指す人が出てくるのだろうか。女性のマリベルとしては、いまいちピンとこない。

「今、俺は二十三だから……もう八年も前のことか」

またもマリベルは、オスカーの発言に驚いた。

おそらく二十三とは年齢のことだろう。マリベルが今年十三歳なので、十歳上ということになる。

身体が大きく、顔の彫りが深いので、もっともっと上なのだとばかり思っていた。

「感謝する」

突然、オスカーがこちらに頭を下げてきた。

マリベルとしては、森から連れてきたことか、看病していることなのか、もしくはそれ以外のことか、わからずに困ってしまう。

「騎士になる原点を思い出した。最近、見失っていたようだ」

どうやら、今の話のことらしい。

意図していないこととはいえ、彼が苦手だろうおしゃべりが役に立ったのが嬉しい。せっかくだから、他のことも話してもらおう。

「王都ってどんなところですか？　人がたくさんいて、毎日のように市が開かれているというのは本当ですか？　船に乗ったことがありますか？」

「人は多すぎる。市はいつもある。船にも乗ったことがある。初めての時は揺れる足下に心底驚いた」

それからお互いに少し距離が縮まったようで、オスカーはマリベルの矢継ぎ早の質問に一つずつ丁寧に答えてくれた。

相変わらず、聞き出さないと多くは語ってくれないけれど、彼の話から想像するまだ見ぬ外の景色や、暮らしに心躍らせる。

マリベルは、歩くのも大変なほど人で溢れる王都の大通りや、国中から集められた売り物が並べられた市、山のように大きく美しい城の話の虜になった。

それからは毎日、オスカーから色々な話を聞き出すことで、彼が退屈なあまり勝手に身体を動かして完治を遅らせるのをなんとか阻止することに成功した。

マリベルとしても、それは楽しく、待ち遠しい時間になっていく。

オスカーの回復力は母も目をみはるほどで、運ばれてきた時は毒の影響もあり、命の危険さえもあったのだけれど、一週間も経てばほとんどの傷がふさがっていた。

それからさらに数日後——。

「おはようございます、オス……」

いつものように朝起きて、オスカーのところに行くと、今日は先に母ルチアの姿がそこにあった。

いつもはマリベルに任せて、朝食前に来るはずなのに、今日は違うみたいだ。

ベッドに座るオスカーの前に椅子を置き、二人が対面している。

起きてすぐ診察をしていたのだろうか。

「おかあさん、どうしたの？　どこか悪化した？」

「いいえ、違うわ。逆よ」

心配して尋ねると、困ったようにルチアが答える。

どうしたのかと部屋を見渡したマリベルは、あることに気づいた。

オスカーの荷物が綺麗にまとめられているのだ。そして、ベッド脇のサイドテーブルにはおそらく治療費のお金が入っているのだろう袋がぽつんと置かれている。

「もしかして……もうオスカー様出て行っちゃうの？」

「完治されて、帰られると言いなさい」

マリベルの言葉を訂正するも、ルチアは顔を伏せた。

オスカーを見ると、彼がぎこちなく笑いかけてきた。

「世話になったな。もう大丈夫だ」

「そう……ですか」

もう彼の話を聞けないと思うと、悲しくなってしまう。しかし、すぐにそんなことではいけないと思った。

彼はみんなを守る騎士で、元の生活にやっと戻るのだから喜ぶべきだ。

村にずっといる自分たちとは違う。もうこんな辺境の村に来ることもないだろう。

「よかったです。傷が治って」

「そんな無理して笑わなくていい」

オスカーの大きな手がマリベルの頭を包み込んだ。ごつごつと硬い手だけれど、優しく撫でてくれる。

「はい……」

俯いて、泣かないようにするのが精一杯だった。

父は物心ついた頃には病死していたし、誰かと別れる経験なんてなくて、強い悲しみが心を満たしてしまう。

「それでルチア、何か俺に望むことはないか？」

再び母のほうを向いたオスカーが口を開いた。

「いいえ、先ほども申しましたように、治療費だけで充分です。しかも多めにいただいたわけですし」

彼の申し出をルチアは首を振って断った。

「二人には命を救われたんだ。大きな恩だ。金だけで返せるものではない。俺にできることで、何か望みはないか？」

しかし、オスカーも引かない。

じっとルチアを見つめて、何か頼まれることを待っている。きっと二人はマリベルが来るまでこの押し問答をしていたのだろう。

彼は見た目の通り、頑固で、義理堅い性格のようだ。

「……わかりました」

根負けしたように、母がふぅと息を吐く。

「けれど、わたしは今の生活に不満はありませんし。そして、望んでいるものは一つしかありません」

「それを教えてくれ」

ぐっとオスカーが身を乗り出してくる。

「娘の幸せです」

「そうか……わかった」

母がこちらを見ながら告げると、オスカーはその言葉に深く頷いた。

腰掛けていたベッドから彼が立ち上がる。

「彼女を幸せにしよう」

「えっ？」

十三歳のマリベルにも、通常使う場合の、その言葉の意味はわかった。

思わず、目を見開いて、立ち上がった大きな彼を見上げる。頬が、熱が出た時のように
さっと火照っていくのを感じた。

「では、またな。必ずまた来る」

言葉少なくオスカーは部屋から出て行く。

呆然としていたマリベルは母に背中をトンと押されてハッとする。

慌てて彼の後を追いかけ、村の入り口まで行って、大きな背中が小さくなっていくのをいつまでも見送った。

それがオスカーとの初めての出会いだった。

【第一章】長閑《のどか》な村の新領主は騎士団長

オスカーが村から去って、五年の月日が流れた。

彼はその後、一度も村を訪れていない。

「まっ、そんなものよね」

森を眺めて、感傷に浸っていたマリベルは、小さくため息をついた。

きっとあれは、母がお金の他に何もいらないということを暗に伝えて、オスカーが大人の社交辞令で返しただけなのだろう。

あの時は驚いて、動揺したけれど、今ならわかる。

「よし、今日もお仕事がんばろっ！」

マリベルは、気を取り直して、村の踏み固められた赤土の道を歩く。

五年の月日の流れは、マリベルを十八歳の大人へと成長させていた。その手には、薬師として一人前になった証の診療カバンを持っている。

それは母の形見でもあった。

今から二年前、母ルチアは父と同じ流行り病にかかり、亡くなってしまったのだ。

十六歳にして、マリベルは天涯孤独になってしまったのだけれど、その時、過度に落ち込まずに済んだのは、きっとオスカーとの約束があったからだ。

その点で、戻ってこなくともマリベルは彼に感謝していた。

どんなに冷たい孤独感に苛まれても、あの温かい思い出や約束を胸に抱いていれば、一人でも強く生きていける。

それからマリベルは、村長の勧めで母の後を継ぎ、レンツ村の薬師となって、村人たちの治療や薬の処方をしていた。

王都では、治療専門の医者という職業の人がいるらしいけれど、村では病気や怪我の手当をすべて薬師が担っている。

そうは言っても、実際のマリベルの仕事は小さな切り傷や、風邪や腹痛の治療、症状に合った薬を調合することぐらいだった。

それでも薬師がいるのといないのとでは大違いだ。相談することができるし、病の知識が蓄積されていく。

だから、まだ若くともマリベルが後を継ぐことを村長も強く勧めたのだろう。

ただ、薬師は人好きで、ずけずけと物が言えなければ、勤まらない仕事だ。よって、マリベルは年頃の娘よりも少々逞しくならざるを得なかった。

「まずは村長のとこか。うーん……素直に受けてくれるといいんだけど」

マリベルは診療カバンを手に、髪を揺らしながら村の中央へと続く道を軽やかに進む。

五年前からだいぶ伸びた亜麻色の髪を、大きな一本の三つ編みにして、片方の肩から下ろしていた。

クリーム色の裾が広がったワンピースに合わせ、ウエスト部分から下に着けているのは、淡い桃色のエプロン。

編み上げの赤茶色のブーツは、解けないようにきっちりと革紐を結んである。

しばらく歩くと、広場の中央にある村長アルロの家に辿り着いた。村長の家といっても、少し大きくて村の中心にあるだけで、ほとんど他と変わらない。

「村長ー！　マリベルです！」

木の扉をダンダンと勢いよく叩いて呼び掛ける。

すると、中からドン、ドンと大きな足音が聞こえてきて、アルロが顔を見せた。

彼は初老を過ぎた年齢にもかかわらず、背筋は伸び、身体もまだがっしりしていて、若い頃に働き者だっただろうことが窺える。

「そんなに大きな声を出さなくても、わしはまだ耳は遠くなっておらん！」

いきなり怒鳴られてしまう。

普通なら萎縮するけれど、数日おきに診療に来ているマリベルはこの偏屈な村長にすっかり慣れていた。

「すみません、次からもう少しだけ小さな声で呼び掛けますね」

「もう来んでいい。今日もさっさと帰れ。わしはどこも悪くない」

「ちょっ……待ってください！」

閉められそうになったので、マリベルは慌てて足を扉の隙間に入れた。森を歩くためにも硬めの靴を履いているので挟まれても問題ない。

「腰、痛むんですよね？」

「あんなもの、放っておけば治るわい」

大抵の村の人が言うことだ。町ならまだしも、こんな辺境の村では、治療は面倒なことという認識が強い。

薬師になることを勧めた村長でさえ、これだから困ったものだ。

苦笑いしながらも、マリベルは一歩も引かずに扉をこじ開けて中に入った。

「こら、勝手に入るな」

「ケイトリンさんから聞きましたよ。まだだいぶ痛むらしいじゃありませんか」

「あいつはまた勝手なことを……」

ケイトリンとは羊飼いのおばさんで、村長とは村の中では年齢が近い。だからか、村のことは大抵二人が相談し合って決めているようなところがある。

「ちゃんとみてあげてって頼まれたんですから。大人しく診察させてください」

「わしは頼んでなどおらん」

ふんと顔を横に向ける。

こうなったら、奥の手というか、いつもの手を出さざるを得ない。

「だったら、ケイトリンさんに言いつけますよ？」

「ぐっ……汚いぞ、告げ口とは」

アルロは、マイペースなケイトリンには弱い。母もよく、村長に治療を受けさせるために、彼女の名前を出していた。

だから、その村長攻略法をマリベルも遠慮なく使わせてもらう。

「さっさと治さないと、あれこれ言いふらされちゃいますよ」

「もうおまえに言っとるじゃないか」

文句を言いつつ、アルロはベッドの上で横になった。

診療カバンを床に置くと、彼の腰を触診する。

「少し腫れていますね」

「見えんからわしにはわからんし、知らん」

骨張った腰に触れるとアルロは痛そうに震えた。

強がっているに違いない。

「腫れを抑える薬を貼っておきます。しばらくはあまり腰を痛めるようなことは控えてください」

「そんなことはわからん」

わからん、わからんと連発しながらも、なんとか処置を終えた。

母直伝の炎症に効く薬草を数種類、刻んで混ぜたものを葉に包んで、それを布で腰に固定させる。

ひどい時は飲み薬も作るけれど、軽度の怪我は大抵これでなんとかなる。

「じゃあ、また二日後に来ますね」

「来んでいい」

早く行けとばかりに手を振るも、きっちり玄関まで見送ってくれる。

村長をしているだけあって、態度や言葉はきついけど、根はとてもいい人なのだ。面倒見もよくて、村人たちから慕われている。

「さて、あとは――――」

その後、酒場にいき、優しくて好かれているけれど、気弱でいつも胃が痛くなる店主に薬を出して、帰路につく。

「あっ！　マリベル！」

帰り道で子供に声をかけられた。

粉挽き小屋の息子でトビーという六歳の男の子だ。

「暇なら、あそんでやってもいいぞ！」

「はい、はい。じゃあ、少しだけね」

森に入って消費した薬草を採取したいところだけれど、少しぐらいならいいだろう。

トビーと遊んでいると、また別の人に声をかけられた。

「マリベル、診察は終わったのかい？」

羊を連れてゆっくりと歩いてくるのは羊飼いのケイトリンだった。

恰幅がよくて、いつもにこにことしているけれど、言いにくいことも躊躇うことなく口にする性格だ。

「はい、今終わったところで」

トビーの相手をしながらも答える。

「ちゃんとアルロも診てくれたんだね」

「初めはどこも悪くないって言ってましたけど、おばさんの名前を出したらしぶしぶ」

二人でふふふと笑い合う。

ケイトリンは、親を亡くしたマリベルにとって母代わりの人だった。いつもゆっくりと村を歩き回っていて、声をかけてくれて、どんなことでも相談に乗り、何かと世話を焼く。

村長のアルロとはまた別の面で、村人から慕われていた。

「そういや、トビー、あんたの父さんが捜してたよ」

「やべっ、おつかいの途中だったのわすれてた！」

トビーが自分の家のほうに全速力で駆けていく。

「さよならの挨拶もしないで、まったく……父親の若い頃そっくりだね」

「そうなんですか」

ケイトリンに頭が上がらない人は、村長だけではなさそうだ。

「よっこいせ。マリベル、少し話さないかい？　ちょうど休憩しようと思っていたところでね」

ケイトリンが道端に腰を下ろし、マリベルにも促してくる。

頷くと同じように彼女の隣へと座った。

「何か困ったことはないかい？」

「えっと……」

話すべきか少し迷ったけれど、こんな態度を取った時点で追及されるのは目に見えている。ケイトリンに隠し事なんて不可能だ。

「今年の分の税金が払えそうになくて……でも、家の物を少し売ればなんとかなるとは思います。だから、今度街へ行こうかと」

あまり心配させたくなくて、考えていた解決策を付け加える。

相次ぐ税金の値上げで、オスカーが置いていってくれたお金は五年の間になくなってしまっていた。

余裕のそれほどない村人から治療費をきちんともらうのは難しい。マリベルは時々行商に薬を売ってなんとか稼いでいたけれど、それでは足りない。

今家に残っている物でお金になりそうなのは、母の残してくれた装飾品だけだった。

手放したくはないけれど、生きていくためには仕方がない。マリベルが税を払えないと困るのは徴収役の村長で、ひいては村全体にも迷惑をかけてしまう。

「一体、領主様が何をしてくれるって言うんだかねぇ。橋も水車も井戸も、壊れたら全部自分たちで直しているし、何かをしてもらったことなんて一度もないのに」

領主を快く思っていないのはケイトリンだけでなく、皆同じだった。

決して豊かな生活ではないのに、年々、村に重い税や役務を課してくる。

「だが、安心おし。良い知らせがあるよ」

意味ありげに、にっこりとケイトリンが微笑む。

「ここだけの話、ここ一帯の領主が最近、交代になったらしいんだよ」

「本当ですか⁉」

思わず身を乗り出す。

領主が代わったことで税金が安くなる、というか元に戻るかもしれない。

「村長のとこに国から通達が届いたそうなんだけれど、まだどんな領主かわからないから、アルロに皆には内緒だって言われててね」

村長の意図はマリベルにもわかった。

期待して、村の人たちをがっかりさせたくないのだろう。マリベルもただ領主が代わるとだけ聞いたら、何も考えずに喜んでいたはずだ。

「少なくとも一年は元の税額に戻るはずさ。きっと、アルロが上手いこと誤魔化して、安く済むようにしてくれる」

ああ見えて、アルロは交渉事が得意らしい。

実際に目にしたことはないのだけれど、村長をしているのだから、皆の知らないところでなるべく有利になるように領主や近隣の村と交渉してくれているのだろう。

「だからね、ルチアの形見は持っておきな」

優しく手を握ってくれたケイトリンに、マリベルは頷く。

母の物をまだ売りに出さなくてよさそうでほっとするも、次の領主が前と同じ、もしかするともっと悪くなる可能性もあるわけで、手放しには喜べなかった。


一週間後、ケイトリンから教えてもらった話が村人たちへ正式に伝えられる。新しい領主の一団が、実際に村へ視察で訪れることになったのだ。

村長のアルロを中心に数人で出迎える準備が進められたのだけれど、当日、馬車が止まる広場には、新しい領主を一目見ようと村のほとんどの者が集まっていた。

もちろん、マリベルもその輪の中にいる。

「どんなやつだ？　えらいやつって」

隣にいたトビーがぴょんぴょん飛び跳ねて前方を必死に見ている。

「まだ来てない。来たら教えてあげるから大人しくしてなさいって」

「そうなのか？　早くこないとつまらないぞ」

六歳のトビーに待つことは難しいらしい。さっそく興味が領主から地面を歩くアリに移り、しゃがみ込む。

「来たかも……」

まだかと大人たちも焦れ始めたところで、広場へ地響きが聞こえてくる。

すぐに、大きな馬に乗った騎士の先導する馬車が現れた。

騎士の着ている鎧には見覚えがある。あれは五年前に村を助けてくれた騎士団と同じものだ。

黒と銀の鎧に、胸がドクンとなった。立派な外套《マント》が日の下で艶やかに輝いている。

領主の護衛任務中なのだろうか。

きっと新しい領主は馬車の中にいるに違いない。村人たちの注目が一斉に馬車へと集まったけれど、しばらくしても誰かが出てくる様子がなかった。

その間、騎士は馬を下りて、なにやら周囲をきょろきょろと見回している。

「領主様に危険がないのか、確認しておられるのですかな？」

アルロが不審に思ったらしく、騎士に近づいて聞く。

「そうではない。人を捜していてな」

「人捜し？」

遠巻きに見ているマリベルにも、人捜しという言葉がはっきりと聞こえてきた。

どういうことなのだろうと、村人たちがざわめき立つ。

すると、騎士が広場中に聞こえる大声で呼び掛けた。

「マリベルという者はこの村にいないか？」

「……!?」

いきなり自分の名前を呼ばれて、心底驚く。

「おまえ、なにかやったのか？」

トビーの言葉にぶんぶんと首を横に振る。

騎士に引っ立てられるような悪いことをした覚えなどなかった。変な調合もしていないし、商人に卸した薬も何の変哲もないただの傷薬だけ。

こんな辺鄙な村では恨まれるようなこともないので、難癖をつけられたとも思えない。

「薬師ルチアの娘マリベルだ、マリベル！」

周囲の村人がちらちらと視線を向けてくる。

こう名前を連発されては出て行かないわけにはいかなかった。

「はい、マリベルは私ですが」

おずおずと集まっている村人の輪から抜けると、広場に進み出た。

すると、近づきながら騎士の正体にマリベルは気づく。

見上げるほどの大きな身体、誰よりも逞しく隆々とした腕と足、赤茶色の髪を後ろに流した短髪で、強さを表すような鳶色の瞳をしている。

どれも見覚えのある風貌だった。

「もしかして、オスカー様？　オスカー様ですか⁉」

思わず、彼の名前を呼んでしまう。

「あぁ、俺だ。大きくなったな」

マリベルが駆け寄ると、彼はニッと微笑みながら迎えてくれた。それだけで彼が五年前と変わらず、優しくて、実直な人だとわかる。

「ご無沙汰しています」

一歩前まで行くと、マリベルは気持ちを抑えて挨拶の言葉を口にした。

本当は抱きつきたいほどの気分だったけれど、今は新しい領主を出迎える途中なのだと自制する。

——やっと会いに来てくれた。

自分を探しに来たということは、あの約束を果たしに来てくれたのかもしれない。

しかし、そうでなくとも彼と再会できたことが嬉しかった。

もう幸せにしてもらえたと言えなくもない。

「五年しか過ぎていないのに、その……随分と成長したな」

「今年で十八歳ですから」

視線を少し逸らすオスカーに、マリベルも照れてきてしまう。

「と、ところで村には領主様の護衛でいらしたのですか？」

「いや、視察だがそっちはついで。本当の目的はお前に会うことだ」

嘘でも一番の目的が自分に会うことだと言ってくれて、喜びが込み上げてくる。

しかし、ふと会話が嚙み合っていないことに気づく。

「領主様は馬車に？」

「いや、あの馬車には誰も乗っていない。荷だけを乗せてきた」

マリベルも、二人の様子を窺っていた村長のアルロも首を傾げる。

だったら、新しい領主が来るという知らせはなんだったのだろう。

「まさか、新しい領主様が騎士様なんてことは……ないだろうね？」

いつの間にかマリベルを心配して来てくれたのか、すぐに後ろに立っていたケイトリンが控えめに口を挟む。

すると驚くべきことをオスカーが口にした。

「俺がここ一帯の新しい領主に違いないが……何か不都合でもあったか？」

さすがに、アルロも、ケイトリンも目を丸くする。

騎士団の鎧を着ていたし、馬車とは別に、自ら馬に乗ってきたので、彼が領主とはその場の誰もが思わなかった。

「いいや、ない。まったくありませんぞ。そうか、あの時助けた騎士様が領主様に……これはめでたい。不都合どころか、村にとってもめでたい。よくぞ来てくださった」

村長のアルロが真っ先に我に返った。

助けたというところを強調する辺り、さすがだ。きっと今後の交渉を考えてだろう。

そんな手を使わなくても、彼の人柄ならば、正直に話せば税は下げてくれると思うのだけれど。

「ささ、積もる話もあるだろうから、ひとまずわしの家にいこうかの」

村長は集まった村人たちに彼が新しい領主で、五年前に滞在していた騎士だと簡潔に伝えると解散させ、マリベルとオスカーと連れ立って村長の家へと移動した。


ルチアの墓は、森を見渡すことができる小高い丘の上にある。

それは、薬師として森と、そして毎日のように森へと入る娘を見守っていきたいという母の希望を叶えたものだった。

「安らかに眠ってくれ」

今、母の墓前にはオスカーが膝をついて祈っている。

彼の誠実な横顔は、五年間待っていたこともあってか、マリベルにとって見惚るほど恰好良く思えてしまう。

村長とケイトリンからの提案で、オスカーとマリベルは五年の間に起こったことをそれぞれ語り合った。

その後、母ルチアが他界したことを知った彼は、すぐ墓に案内してほしいと言ってくれたのだ。

「ありがとうございます、母も再会を喜んでいると思います」

大きな石の側面に母の名前を彫り込んだだけの墓石の前には、オスカーが用意してくれた花が供えられている。

偉い人になっても、彼はあの日から変わっていないみたい。

マリベルからの報告が母の死と正式に薬師になったことならば、オスカーからは騎士団長となり、遠征の武功で伯爵級の爵位と村一帯の領地を賜ったことを知らされた。

騎士になるだけでも大変なことなのに、騎士団長になった上で、さらに爵位まで持つことになるだなんて、本人の口から聞かされなかったらとても信じられなかっただろう。

「真っ先に墓へと来たのには理由がある」

しばらく祈っていた彼は目を開けると、母の墓石を見ていた。

「理由？　なんでしょうか？」

「彼女との約束を果たしに来たからだ」

母とオスカーとの約束といったら一つしかない。

胸の鼓動が一気に高まっていく。

「お前を幸せにすると約束した。それをルチアにも聞いてもらいたい」

「それって……その……」

尋ねる前に彼が説明してくれる。

「具体的には……俺の妻とならないか？　安全で、何不自由ない生活を約束するには、それが一番だと考えたのだが」

「……っ」

最初はプロポーズされたのだとわからなかった。

それはじわじわと広がってきて、一気に胸を焦がす。

もう彼の顔を見るのも恥ずかしくて無理だ。

「もちろん、すでに夫や恋人がいるのならば領主として見守るだけにするが……」

「いません、夫も恋人も！」

自分でも驚くほど早く、反射的に答えてしまった。

きっと、想い人が他にいるとオスカーに思われるのが嫌だったのだと思う。

「そうか？　なら――」

「だ、だめですよ。冗談でも領主様がこんな村娘を妻にするなんて言ったら」

すぐにでも抱きついて、あなたの妻にしてくださいと言いたい。

けれど、心とは反対の言葉を口にしていた。

ただ、偶然彼を助けただけなのに、薬師として当たり前のことなのに、いくらなんでもこれでは自分に都合が良すぎて、彼に申し訳ない。

領主になるならば、それに相応しい女性がいるはずだ。

「冗談でも嬉しかったです。さあ、そろそろ村長のところに戻りましょう」

「お、おい……マリベル……」

鼓動の高まりを隠して、早足になる。

オスカーがどんな表情をしているのか、何を思っているのか、その顔を見たかったけれど、同時に見るのが恐くもあり、必死に振り返らないようにした。

※　※　※

オスカーは村長の家でマリベルと別れると、用意してもらった部屋で腰を落ち着けた。

騎士団の中でも、もともと遠征の多い部隊に長く所属していたので、王都からここレンツ村までの移動ぐらいで疲れたりはしない。

しかし、椅子に座った身体がやけに重かった。

女性の心の機微を捉えるのは、自分には難しい。彼女の真意を探ろうとした結果、どうやらかなり疲労していたようだ。

「…………」

ひとまず心を落ち着ける。

ここは、マリベルとルチアの墓参りをしている間に村長が用意した部屋で、空き家だった場所へ急ぎ必要最低限の家具を揃え、掃除してくれたようだった。

もともと庶民の出身であり、質素な生活をするオスカーには充分すぎる滞在場所だ。

「後で村長には滞在費を多めに渡しておこう」

マリベルの住む家からもそれほど遠くないし、問題ないだろう。

今、彼女との距離は近すぎても、遠すぎても駄目だろうから助かる。以前滞在した彼女の家の部屋に居候するなんてもってのほかだ。

「しかし……どうすればいい？」

考えが彼女に戻ったところで、オスカーは自問自答した。

正直、最初は彼女の母との約束と義務感が強かったのは否めない。

今日まで、オスカーはあの死にかけ助けられた思い出を心の支えに騎士として走り続けてきた。

命を助けられた彼女を、そして彼女のような者を騎士として守りたいと、療養中に強く思ったからだ。団長になったのも、遠征で他に類を見ない功績を挙げたのも、自分にとってはあくまでも気づいたらついてきたものでしかない。

王から遠征の褒賞は領地か財宝かと問われた時、ふと考えた。

周辺国との情勢は、国境付近での大勝利によって睨みを利かせる形となり、今までよりも信頼できる停戦条約が結ばれている。

対外的にはここ数十年で、最も安定した状況になったと言えるだろう。

国内はというと、盗賊団も度重なる討伐で壊滅状態になり、犯罪者たちは鳴りを潜めている。危険なものといえば、各地に出没する野獣ぐらいだろう。

内政については管轄外なので、自分の仕事ではない。

よって、約束を果たすならもっとマリベルの身近にいるべきだと考えついた。

幸せにすると誓った。だから、彼女に結婚を提案した。

以前の一騎士の身分であれば、家を空けることが多く、いつ命を落とすかもしれない。ゆえにそれが彼女の幸せになるか疑問だったが、団長となり、領地を持った今ならば違った。

妻となることが彼女にとって一番安全であり、金銭的にも不自由しない選択のはずだ。

自らが常に先頭に立たずとも、鍛え上げた団員たちが手足となってくれるから、そう長く家を空けずにいられるだろう。

もし、すでに彼女に相手がいたり、断られたりしたら、領主としてそっと見守るつもりだった。私財を使って領内を富ませればレンツ村も豊かになるだろうし、領内すべての薬師に補助を出したりするぐらいの贔屓《ひいき》は許されるはずだ。

冷静に考えた上での提案だったはずなのだが……。

「…………」

美しく成長したマリベルに再会し、話をしている間に、オスカーは冷静ではいられなくなってしまった。

幸せにしたいという気持ちはまったく変わらない。

けれど、それは義務や正義感ではなく、心からわき上がるものになっていた。

思い出と重なった彼女の姿は、今まで見たどの女性よりも魅力的で、照れた笑顔は胸を熱くさせる。誓って、こんな気持ちになったことは一度としてない。

年齢が十歳も違うということなど、吹き飛んでしまった。

彼女の近くにいようと思ったのが、今では彼女に側にいてほしいと願っている。

同僚の騎士から何度か色恋について聞かされたことがあったが、こんな感情が自分の中に生まれるとは思ってもみなかった。

「はぁ……」

深いため息をつく。

心から彼女を妻にしたいと思ったのに、冗談にされてしまった。あれは照れ隠しではないかと思うのは、都合の良い解釈だろうか。

いや、やはり自分の言い方が悪かったのだろう。

滞在している間に、真意を伝えるよう努力するべきだ。

「確か王は……人妻になっていない限り、許可すると言っていたしな」

オスカーは改めて、その時のことを思い出した。

※　※　※

レンツ村に到着するちょうど一ヶ月前、オスカーは謁見の間で跪いていた。左右には宰相を筆頭に重臣たちがずらりと並んでこちらをじっと観察している。

「ただいま戻りました」

玉座に座る王に向かって、頭を垂れる。

すでに今回の遠征の報告は王に直接してあった。つまりこの謁見は、形式的なものでしかない。

「大儀であったな。損害をほとんど出さず、外敵を三度退けたそうだな。きっと相手もおぬしには敵わない、二度と相手にしたくないと思ったに違いない」

王位についてすでに三十年、歳は六十を過ぎたところだが、すっと伸ばした背筋と、髭を伸ばしていないこともあり、ずっと若く見える。

それは、隣に座っている美しい王妃のおかげなのかもしれない。

賢く人の好い二人は夫婦仲がとても良いと聞き、子宝にも恵まれている。

「いえ、すべては騎士団全員の働きによるもの。自分一人のものでは決してありません」

「だからといって、おぬしに褒美を与えない理由にはなるまい。いや、騎士団の長だからこそ、率先して褒美を受け取るべきであろう。でないと誰も団長などやりたがらなくなるではないか」

褒賞を辞退しようと思っていたのが、先手を打たれてしまった。

自分には高価な褒美など一切必要ない。寝るだけの部屋があり、体力を補うだけの食事があれば、充分だ。

褒賞の話が出るたびに、金はすべて騎士団の運営費と団員の給金の増額に充ててくれればいいと何度も断っていた。

「王よ、無理に褒美を取らせる必要はないのではありませんか。我らが英雄、無欲な騎士団長は金など必要ないようですし」

右側の列の先頭にいる宰相のヒューゴが口を挟み、取り巻きたちがおおげさに頷く。

何が原因なのかはさっぱりわからないが、彼らが自分のことをよく思っていないのは視線から感じていた。

ただ、もとより内政官と騎士団は相容れない別の組織であり、オスカーとしては気にもしていない。

「そうはいくまい。わしが褒賞も与えぬ、ケチな王だと言われかねないからな」

「それは……」

王が冗談だと付け加えて笑うと、対照的にヒューゴたちの笑顔が消える。

今回は褒賞を受け取らないとまずいようだ。

これ以上断ると宰相たちだけでなく、王の機嫌や尊厳も損ねかねない。

「騎士団長オスカー、そなたのこれまでの働きにより、我が国の領土はかつてないほど安泰となった」

改めて、王の言葉が謁見の間に響き渡る。

そして、次の言葉に参列していた重臣たちが思わずざわめいた。

「よってその比類無き功績を讃え、伯爵級の位と領地を与える」

周囲が一斉に「伯爵⁉」と驚きの声をもらす。

騎士団長とはいえ、いきなり伯爵級の位になることは異例中の異例だからだ。一気に妬むような視線が増えた気がする。

——領地や爵位など……騎士には必要ない。

当のオスカーは面倒事が増えた、というぐらいにしか思えなかった。

ただ、王には何か深い考えがあるかもしれないとも思った。

一見温和に見えるけれど、王はブリックラント王国を統べるだけの賢さがあり、穏便に事を運ぶのが上手い。

ここ数年、騎士団として私的な場にも呼ばれ、話をする機会も多かったので、それなりには王のことを理解しているつもりだ。

「とはいえ、領地は管理が面倒だ。財がいいか、土地がいいか、選ばせてやろう」

どうやら王としては自分が領地ではなく、爵位さえ受け取れば良いようだ。

「では――――」

財宝を、と口にしようとして思い止まった。

脳裏に浮かんだのは、五年前に自分を助けてくれた少女だ。

オスカーの身体を必死に支え、その後、看病をしてくれた。自分の面白くもないだろう話を聞いて、目を輝かせてくれたこともある。

彼女の母親と約束した、少女を幸せにすると。

それを本当の意味で果たす、良い機会なのかもしれない。

「叶うならば、レンツ村のあるウォルド領を賜りたいと思います」

気づけば、彼女の住む村の名前を口にしていた。彼女の住むレンツ村の領主となれば、色々と都合がつきやすいはずだ。

「自ら欲しい領地を願い出るなど、臣下あるまじき行為ですぞ！」

真っ先に反応したのは、宰相ヒューゴだった。

待ってましたとばかりに、オスカーの言動を率先して咎めようとする。

「宰相！　わしはオスカーと話をしておる。口を挟むな」

「し、失礼いたしました」

しかし、王がぴしゃりと彼を黙らせてくれた。

ヒューゴが悔しそうな視線をオスカーに向けてくるが、やはり気にも留めない。

「姫を褒美にと申しても断るような者が、なにゆえその土地を望む？　わけを話せ」

威圧的ではなく、興味深そうに王が聞いてきた。

隠し事なんて、自分には無理だ。正直に話すしかない。

「かの地に恩人がおります」

「まあ、もしかして女性かしら？」

今度は、いつもはじっと話を聞いているだけの王妃が身を乗り出す。

戸惑いながらも、首を縦に振る。

「どんな恩が？　できるだけ詳しく話して」

「五年前に盗賊の襲撃に遭い傷を負った際、森で偶然出会い、村まで連れて行ってくれた者です」

それからたどたどしくも、オスカーは彼女との出会いを王と王妃に説明した。

彼女は薬師で、意識を失っている間も看病してくれたこと。

意識を取り戻してからは、話し相手となってくれたこと。

そして、母親に彼女を幸せにすると約束したこと。

「まあまあ、そんなロマンスがあなたにもあったのですね。村娘と騎士、素敵ね」

――ロマンス？　恩ではないのか？

正しい意図が伝わっていない気がするが、王妃はとても満足そうだ。

「だが、その娘はすでに結婚しているかもしれないぞ」

「ならば、村ごと、いや、領地ごと住みよくすれば良いだけのことです」

王と話しながら考えがまとまっていく。

年齢もかけ離れた彼女と結婚するのは、彼女自身が望まない可能性が高い。そうなった時のことも考えておくべきだろう。

これまで褒賞を断ってきたとはいえ、それなりの財をオスカーは保有している。それらを使って、村とその周囲を富ませたら、側にいなくとも彼女を幸せにできるはずだ。

願わくは、彼女自身が選んだ相手と幸せになってくれれば、自分としてはそれでいい。

「あら、残念。まだ恋心にまでは至っていないようね」

今度はなぜか王妃が残念そうだ。

「結婚に恋心は必要なのですか？」

「時と場合によるわね」

やはり、王妃の言葉はよくわからなかった。

恋や愛、そもそも女性に関することは、オスカーにとって謎かけのようなものばかりだ。

色々考えていると、ふとある問題に突き当たる。

「まあ、あとから生まれることもあるし、その点は問題ないでしょう」

「問題といえば……一つ懸念を思い出しました」

「言ってみて」

また王妃が王を差し置いて、聞いてくる。

「貴族が庶民と結婚できるものでしょうか？」

よくは知らないが、貴族には様々な暗黙のルールがあるらしい。

また貴族のルールが問題なくとも、貴族との結婚を彼女が好まない可能性がある。その懸念もあって、オスカーは今まで一代貴族の爵位であっても断り続けてきた。

「その点は問題ない。おぬしの相手ならば、わしがどんな平民でも許可してやろう。人妻でない限りな。一応、許可証を用意させる」

その場で内政官の一人に指示した。

すると王に王妃が何事か耳打ちする。

「ふむ、それが良いな、その通りだ。オスカー」

頷くと、王が改めて自分の名を呼ぶ。

「正式におぬしへウォルド領を与える。それと三ヶ月の休暇もやろう。その間に花嫁を説得してみせよ。ついでに、領主としての基盤作りもな」

「なっ……休暇――」

きっと王妃が耳打ちしていたのは、この点だろう。

騎士団は軌道に乗り始めたところではあるが、あまり不在にはしたくない。断ろうと思ったけれど、先に反論の声が別から上がる。

「王よ、領地経営の経験もない者に、あの地を与えるなど危険です」

「オスカーには、それなりに管理ができる人材を王室から紹介するつもりだ。そもそもこの件に関して、宰相は何も言う立場にないであろう。最近まであの地の横領を見逃していたのはそなただからな」

「も……申し訳ありません」

王にまたも一蹴され、ヒューゴがうなだれる。

顔を真っ赤にして震えながら、再びこちらを睨みつけていた。敵意を隠すということをこの男は知らないのだろうか。

まったく不思議でならない。

「他の者も異論あるまいな？」

王が静かに重臣を見渡す。

重臣の筆頭である宰相が黙ってしまっては、誰も反論できないようだ。

「オスカーの部下たちの褒美はそなたらに任せる。遠征の褒賞はこれで終わりとしよう」

王と王妃が立ち上がると、他の者が恭しく頭を下げる。

「良い報告を期待しておるぞ」

「がんばってね、楽しみにしているわ」

最後にオスカーへ声をかけてから、王と王妃は謁見の間を退出した。


休暇を取らされることを諦めて受け入れ、オスカーは謁見が終わると騎士団の会議室にすぐ幹部を集めた。

円卓に騎士の幹部たちがずらりと並ぶ。

「団長、今度は観念して褒賞を受け取られたとお聞きしたのですが、いかがでしたか？」

「耳が早いな」

真っ先に聞いてきたのは、騎士団で最も信頼している副団長のメリソンだ。

オスカーと同年代の容姿も能力も特徴のない男だが、その分、とても丁寧で堅実な性格をしている。不在の間騎士団を任せるとしたら彼しかいないだろう。

誰かが突っ走ったとしても、メリソンが止めてくれるはずだ。

「そろそろもらわないと角が立つでしょ。機嫌取りもやり過ぎは逆効果ってね」

このいちいち棘のある言い方をするのは、小隊長の一人でワイアットという。何かとオスカーに突っかかってくるが、本来は優秀な男と見ている。

二十代前半ですらりと背が高くて、顔立ちもいいが、プライドが高い。文句が多いのはその辺りのことが関係しているのだろう。

上級貴族の次男ということもあって、主に貴族とのやりとりが必要な時に任せている。今は少々危なっかしいところがあるが、鍛え上げれば、良い騎士になると踏んでいた。

「実は褒賞のことで集まってもらったんだ。少し厄介なことになった」

「褒美なのに、厄介ですか?」

メリソンの疑問の声に頷く。

「まず爵位と土地を賜った、ウォルド領だ」

「ウォルド!? またそんな辺境を、嫌がらせなんじゃないですか?」

さすがに貴族の出身だけあって、ワイアットはウォルド領を知っているらしい。

「いや、俺がウォルド領がいいと言った」

「なぜ王都から近い領地になさらなかったのですか？　まさか、騎士団をやめるおつもりではありませんよね？」

メリソンがハッとしたので、オスカーはすぐに首を横に振った。

「少し俺と縁のある土地でな。団長を退くつもりはない。ただ三ヶ月の休暇を取らねばならなくなった。皆にはすまないと思っている」

部下たちに頭を下げる。

「いや、この機会にゆっくりしてきてください。たまには休暇も必要ですよ、団長」

「ほんと、いきなり抜けるとか困るんだよな」

メリソンとワイアットから正反対の反応が返ってくる。

他の部下たちも大体半々の反応だ。

「王の命令には逆らえん。悪いが留守の間、騎士団はメリソンに任せる。ワイアット、彼を補佐してくれ」

「畏まりました」

「仕方ないな」

今度は二人とも了承してくれる。

ワイアットの機嫌がいいのは、これで数人いる小隊長の中から頭一つ抜けたとでも思っているからだろう。

「連絡は以上だ。二人は残ってくれ。さっそく団長の仕事を引き継ぐ」

それから急ぎ二人に普段自分がしている仕事を説明する。

ワイアットは仕事の多さに手間取っているようだが、副団長のメリソンはもともとオスカーの補佐をしていたので、飲み込みが早い。

なんとか二日ほどで二人に教え込むと、今度は急いで領地へ向かう準備を整えていく。

マリベルが領主の屋敷へ移動することも考えて馬車を用意し、そこへ荷物を積む。オスカーの物はほとんどなく、大部分は村や彼女の母に渡す贈り物だ。

自分の物は、足りなければ現地でなんとかすればいい。

さらに、王室が紹介してくれた使用人を面談し、最低限必要な人数と正式に雇用契約を結ぶと、所有者不在になっているウォルド城を経由して、レンツ村へと入った。

【第二章】無自覚な人たらしの護衛

オスカーが村に来た日の翌日、マリベルは朝早く、目を覚ました。

彼が来たからといって、何かが変わるわけではない。いつものように起きるとすぐ森へと採取に出掛ける。

足りなくなった時には日中も採取はするけれど、早朝のほうが珍しい薬の材料が断然見つかりやすい。獣たちも眠りについているのか、危険が少なかった。

朝の採取は、母を手伝うことになってからほぼ欠かさず毎日行ってきたことで、辛いと思ったことはない。

何よりも朝の森のひんやりとした空気や、神々しささえ感じてしまう雰囲気がマリベルは好きだった。

「ひゃっ！」

寝間着からクリーム色のワンピースに着替え、採取用の籠を背負って、家の外へ一歩出たマリベルは、いきなり人の気配を感じて飛び上がった。

「驚かせてしまって、すまない……おはよう」

外に立っていたのはオスカーだった。

「お、おはようございます、オスカー様」

「あ、あぁ……」

挨拶を返すと、照れたように頬を指で引っ掻く。

彼は仕立ての良さそうなシャツと、縁取りが付いた上着に身を包んでいた。

色味は藍色で、大きな身体にとても似合っている。

ベストやクラヴァットはなく、飾り気のある装飾もボタンとチェーンぐらいで……。

飾り立てていた前の領主とは異なり、新しい領主は、質素なものを好むようだ。

それにしても一体、いつから待っていたのだろう。

「何かあれば……ご用でしたら、私のほうから伺いますのに」

以前のように気軽に話しそうになって、ハッとした。相手は領主だから、言葉遣いに気をつけないといけない。

「特に用事はない」

「へっ？　じゃあ……なぜ？」

気をつけようと思ったそばから、素の言葉遣いになってしまう。

用事がないとしたら一体、何の目的があって待っていたのだろう。オスカーに限って、変なことではないと思うけれど。

「お前を護衛する」

「護衛!?　領主様がですか？」

思わず聞き返すと、オスカーが頷く。その顔は大真面目だ。

昨日、プロポーズされたことを瞬時に思い出してしまう。あれは本心で、これから自分を守ろうとしてくれているのだろうか。

「…………」

ブンブンと首を横に振る。

領主が村の娘を守るなんて聞いたことがない。ましてや結婚なんてありえない。

彼がもう一度会いに来てくれただけで、自分は充分幸せだ。それ以上を求めては罰が当たるだろう。

「で、では……朝の散歩へ一緒に行きませんか？」

領主のオスカーは村に滞在する間、暇なので知り合いである自分を訪ねてきただけなのだろうと、勝手に解釈する。

この時間にいたのは、きっと彼も朝早くの鍛錬が日課だからだろう。

「お前を守るためにいるのだから、どこへでも付き合う」

やはり勘違いさせそうな言葉が返ってくる。

嬉しくなる気持ちをぐっと堪えた。

「で、では、行きますね」

散歩ぐらいなら別に朝、領主と薬師がしていてもおかしくないだろう。今度は強引に自分へそう言い聞かせ、森へと歩き始めた。


彼はマリベルの後ろにぴったりとついて歩いてきた。

普通なら誰かがすぐ後ろを歩いていたら不安に思うだろうけれど、オスカーは特別だ。いつもならば、早朝でも警戒しながら入る森であったが、彼が一緒にいてくれるおかげで採取に専念できる。

「みつけた。ちょっと待っていてくださいね」

「あぁ、気にしなくていい」

マリベルは薬の材料を見つけるたびに、後ろのオスカーに声をかけて採取した。

傷に効く葉、解毒剤の材料になる根、火傷に効く果肉、これらはいくらあっても困ることはない。大部分は刻んで乾燥させれば、長期保管もできる。

森は広く、豊かなのでマリベル一人なら、採りすぎるということもない。

「薬の材料のためにいつも朝、森へ入るのか？」

「はい、いざ必要な時にないと困りますから」

ある程度ストックしてあれば、急いで森へ入るということがなくなる。

必要になって探すのと、日課で採取しておくのとでは、見つける難しさが大きく違うと母から教わっていたし、焦って森に入る危険性もよく聞かされていた。

もし、どうしてもすぐに必要なものがあって森へ入るなら、誰か一人だけでいいから護衛を連れて行くようにとも。

「偉いな、先に備えることは皆ができることではない」

オスカーはそう言うと、地面に置かれた薬草の入った籠をひょいっと持ち上げる。

「あっ……そのぐらい大丈夫ですよ、いつものことですし」

「俺にとって、この程度の重さなどないに等しい」

確かに重そうな鎧や剣を身につけている騎士にとって、木の蔓で編んだ籠なんて軽すぎて何でもないだろう。

マリベルはオスカーの言葉に甘えることにした。そもそも彼の手から籠を取り戻すことなんて、できるわけがない。彼がわりと頑固なのは知っている。

身体だけでなく、気持ちも軽くなったマリベルは、思わずステップを踏むように森を歩き始めた。

今度は彼の前ではなく、横に並んでみる。

すでに今日の採取ノルマは充分なので、オスカーと会話でもしながらと思った。

「今日はオスカー様のおかげでとても捗りました」

「お前の助けになったのなら、良かった」

にっこりと彼が微笑む。

その笑顔が朝日に照らされて、思わずどきりとしてしまう。

「そういえば……さっきのアレは何に使うんだ?」

手に持った籠に視線を落とし尋ねてくる。

「どれのことですか?」

「葉が分厚くて、トゲトゲした緑色の……あった、こいつだ」

オスカーが籠の中を指す。

「あぁ、ロカイのことですね」

「あれはそんな名前だったのか」

「この地方ではそう呼んでいます。他では違う呼び方もあるそうですが……」

棘があるので、手袋をしたほうの手で籠からロカイを取り出す。

「ロカイはとても優秀な薬になるんですよ。汁は火傷に効きますし、葉の外側を剝けば、食べやすい胃腸薬になります。ただ、身体を冷やすのでその点では注意が必要なんですが……」

普段、薬草の効能を聞かれることなんてないので、うっかり興奮して一人でしゃべり続けていた。

「すみません。私ばかり話してしまって」

「いや、興味がある。もっと聞かせてくれ。遠征時に薬がなくなって森で調達することは多いから知りたい」

「そうなんですか⁉」

気を遣っているのではなく、本当にオスカーも薬草に興味があるらしくて、嬉しくなる。母がいなくなってから、この手の会話を誰かとしたことが一度もなかった。

だから、ついついおしゃべりになってしまう。

「そうだ、切り傷には……」

騎士ならば、火傷や胃腸などの病気よりも、切り傷の手当が一番多いだろう。

周囲を見渡して、目的の薬草を探す。

「あった、これが切り傷に効きます。長めの葉で白い縁取りがあるのが特徴で、よく生えているので見つけやすいはずです」

「知っているぞ。これで肉を包んでおくと、腐りにくくなる」

オスカーが一枚葉を採ると、くるっと包んでみせる。

「防腐作用もあるんですよ。よく知ってますね、傷薬の効果のほうが有名なのに」

「昔訪れた村で皿代わりに使っていたのを見た」

マリベルは、この葉は薬を包むのに度々使っているが、皿代わりに使うところがあるなんて、驚きだ。

「刻んで、すりつぶしたものを布で巻くと、傷の回復が早くなるんです」

「そうだったのか、覚えておこう。白い縁取りが目印だな」

その後も、二人で薬草についてあれこれ話しながら森を歩く。

少しひんやりとした空気は気持ちよく、オスカーとの会話は楽しくて、ついつい時間を忘れてしまった。

太陽がかなり高いところまで上っていることに気づいたマリベルは、急いで森から引き返し家へと戻った。

籠を置いて、用意してあった薬を手に取ると村長宅へと向かう。

「すみません……遅く……なりました」

息を切らせながら村長の家の扉を叩く。

「おそい！　まったく、なにをして――」

いつものように怒鳴り散らそうとしたらしい村長アルロの動きが、そこでぴたっと止まる。彼の視線を追うとマリベルの後ろを見ており、そこには当然のごとくついてきたオスカーの姿があった。

「村長、おはよう」

「これはこれはオスカー様、お見苦しいところを……」

慌てて誤魔化すと、家の中に招き入れる。

「二人でいらっしゃるなんて、わしに何か報告かな？」

いつもとまるで違う態度のアルロが、二人に椅子を勧め、にやにやして聞いてくる。

言動から察するに、どうやら、オスカーがマリベルのために村へ戻ってきたことを村長は知っているらしい。

「村長の診察です。オスカー様、治療をするので少しだけ外で待っていてくれますか？」

「了解した。外で薪割りでもしていよう」

領主に薪割りをさせていいのだろうかという疑問が浮かぶも、オスカーは何の違和感もなく、外へ出て行く。

「なんじゃ、まだ話しておらんのか。まったく、権力に物を言わせてさっさと手込めにしてしまえばよいものを……」

オスカーが出て行ったところで、ぼそりとアルロがもらす。

「な、何を言ってるんですか！　オスカー様はそんな人じゃありません。それにプロポーズなら、され……ました……」

答えながら頬が熱くなってしまい、俯く。

「そうか！　そうじゃったか！　それで何と答えた？」

当然、了承したのだろうと顔が言っている。

村長としては、領主の妻が村の出身なら色々と便宜を図ってもらえるに違いないなどと思っているのだろう。

「冗談ですよねって、言ってしまいました……」

「なんじゃと！」

座っていた村長がテーブルにドンと手をついて立ち上がる。

「痛つつ……なぜ、そんなことを、贅沢な暮らしをするチャンスではないか」

アルロが痛めた腰をさすっている。マリベルは、彼へ横になるよう指示して診察をしながら話を続けた。

「領主と、村の薬師なんて……釣り合うはずがありませんから……」

腰に触れて熱がないことを確認しつつ、答える。

自分で考えていたことなのに、いざ口にすると悲しくなってしまうのは、なぜだろう。

「村の男が領主の娘に恋するなら大問題だが、逆なら構わんだろ。確かに周りにうるさくいうやつはおるかもしれんが、きっとオスカー様なら黙らせてくれるに違いない」

村長はうんうんと自分の発言に自分で納得している。

マリベルとしては、オスカーのことをもちろん信頼していた。きっと妻になれば、周りに反対されたとしても、幸せにしてくれるだろう。

けれど、自分でいいのかという疑問がぬぐいきれない。

自分だけ幸せになっていいのだろうか。オスカーにはそれが幸せなのだろうかと考えてしまう。

彼にとっては、五年前の約束でしかないのだから。

しかもその願いを口にした母はすでに他界してしまっている。彼は優しい性格なので、よりマリベルについて責任を感じているはずだ。

だから……踏み出せない。

「もしかしてオスカー様の顔が好みではないのか？　まあ確かに歳は離れておるし、おなご好みの顔ではないかもしれんが、これ以上の良縁はないぞ」

「ち、違います」

ぶんぶんと首を横に振る。

オスカーのことは出会った時から恰好良いと思っているし、話も合う。実直で、誠実で、優しい性格で、彼以上の男性など現れるわけがない。

「なら何の問題もあるまい。当人の気持ちさえ同じならば、大抵のことは乗り越えられるものだ。たとえ、一時はすれちがってもな」

いつもガミガミ言うだけのアルロだけれど、その言葉には重みがあった。

――気持ちさえ同じなら……。

そっと背中を押してもらったような気分になる。

自分の気持ちは……決まっている。ううん、五年間、ずっと変わっていない。

あとは――――。

「はい、できました！」

「いっ！」

湿布を交換し終えると、軽くアルロの腰をばしっと叩く。

「もう無理しないでくださいね」

「それはお前さんたち次第じゃな」

アルロの言葉に、微笑みだけ返す。

マリベルは外で待っているだろうオスカーの元に急いだ。


外に出ると目に飛び込んできたのは、いつも村長の家の外へ乱雑に積まれていた丸太が、すべて綺麗に四等分された薪の山だった。

それほど時間はかからなかったはずなのに、その間にオスカーはほぼ一年分の薪割りを終えてしまったらしい。

「お待たせしました」

「いや、すぐだった」

首を横に振って、オスカーが出迎えてくれる。

先ほどの村長との会話で、なんだか恥ずかしくて彼の顔をまともに見られない。

「どうかしたのか？」

「いいえ……なんでもないです」

オスカーへプロポーズの話をしようかと思ったけれど、やはり切り出せない。

彼はまだ数日、滞在するはずだから機会はある。

「次は酒場に行きます。村の中ですし、危険はないので何か用事があるのでしたら私に付き合わなくても大丈夫ですから」

「いや、他に用事はないし。お前と一緒にいる」

一緒にいるという言葉にまたも胸がトクンと高鳴る。

「じゃ、じゃあ……よろしくお願いします」

何がよろしくなのか、自分でもわからないけれど、頭を下げると次の診療に向かう。

「ネッドさん、いますか？　薬師のマリベルです」

営業時間外の酒場の扉を勝手に開けると、中に声をかける。

いつもならば、店主のネッドがお腹を押さえながらゆっくり二階から下りてくるのだけれど、今日はなぜか違った。

「あぁ、マリベルさん、こんにちは。いつもすみません」

なんだか顔色もよさそうだし、声もはっきりしている。

彼は人のよさで皆に好かれているけれど、何かと気にしがちで、一人で悩んでしまう性格なので、すぐに胃を痛める。

マリベルの患者の中でも、特に常連になっている一人だ。

「こんにちは。今日は随分調子が良さそうね」

「そうなんですよ、やっと悩み事がすべてなくなって、昨日は久しぶりにぐっすり眠れました」

「それはよかったですね」

彼の胃痛はやはり心配事が原因だったみたいだ。

でも、どうして急にそれがすべて取り除かれたのだろう。

「だから、今日は診察も薬もいらないので……そうだ、昼ご飯まだでしょう？　ちょっと早いけれど食べてってくださいよ。日頃のお礼です」

「えっと……嬉しいお誘いだけど、今日は二人で来てるので」

「構いませんよ、お二人分作りますから、食べてってください」

やんわり断ったのだけれど、今日のネッドはよっぽど機嫌がいいらしく、引き留められてしまう。

「でもマリベルさんと一緒って……あぁ、トビーかな？」

「違います。その……」

何と紹介すべきか迷っていると、開けたままの扉からオスカーがぬっと顔を出す。

「失礼する。呼ばれたように聞こえたから来たのだが」

「お昼をご馳走してくれるそうです」

「それは気遣い感謝する。楽しみだ」

オスカーの姿を見たネッドが誰なのかと首を傾げ、次に目を丸く見開いた。

「も、も、もしかして……新しい領主様⁉　でしょうか？」

「そうだ。新しくウォルド領の領主になったオスカーだ。よろしく頼む」

オスカーが大きな腕をネッドに突き出す。

酒場の店主は驚いたまま反射的に手を握っていて、その光景に思わずくすくすと笑い声をもらしてしまう。

「し、し、失礼いたしました。無礼でしたらどうぞ打ち首、拷問でも、なんでもしてください」

「落ち着け。何も無礼ではない。首を狩る習慣はない」

さらに二人のおかしなやりとりが笑いを誘う。

すると、混乱するネッドの肩を軽くオスカーが叩いた。それでなんとか店主は落ち着いて、ストンと椅子に座る。

「驚いてしまって、すみません。どうぞお座りください」

「まったく気にしていない」

ネッドに勧められて、テーブルのある席に二人ともつく。

「実は領主様には大変感謝しておりまして」

深々とネッドが頭を下げる。

「俺が何かしたか？」

「税金をこれから数年免除して頂けるそうで。本当に助かります」

「そうなの？」

マリベルがオスカーを見ると、彼は頷いた。

「今までの税が高すぎたから、その帳尻合わせをしただけだ。逆に税を優遇してあったところからは多く取る。だから気にしなくていい」

「本当に寛大な処置に感謝しております」

どうやらオスカーは領主としてもさっそく手腕を発揮しているようだ。

それが全体的によいことなのかはまだわからないけれど、少なくとも村人たちの実情を理解してくれている。

「あっ、もしかして胃痛の原因って……」

「はい、恥ずかしながらお金の問題が大部分でして。毎日毎日、どうしようかと考えると胃がきりきりと痛んでしまって」

ネッドが汗を拭きながら答える。

人のよい彼は、村人たちに度々ツケで飲み食いさせたりもしているのを見たことがある。ツケの溜まっている人には取り立てにいかなくてはいけないけれど、それも彼の性格からすると負担になっていたのだろう。

けれど、税が安くなればすべてが解決する。

ツケをした村人もお金があれば払う者が増えるはずだし、酒場自体の経営も楽になる。

「というわけで、このような寂れた酒場の食事ではお口に合わないかもしれませんが、どうぞ食べていってください。僕が腕によりをかけて作りますので」

「いや、とても楽しみだ。馳走になる」

その後、美味しそうな料理が次々にテーブルへ運ばれてくる。

オスカーの誘いでネッドも席につき、楽しい昼食を過ごす。

とても食べきれそうにないと思った料理は、ほぼオスカーが美味いと呟きながら、平らげてしまった。

その食べっぷりの良さは気持ちよくて、お腹いっぱいになったマリベルは、いつまでも見ていたい気持ちになった。


食後の飲み物もご馳走になって、お腹も落ち着いたところで酒場を出る。

「この後はどうするんだ？」

ポカポカとした陽気の中、ゆっくり歩いているとオスカーが隣から話しかけてくる。

「今日は他に診察予定がないので、家に戻って薬草の仕分けと薬の下準備をするつもりですけど」

もしかすると、どこかに誘ってもらえる？

それとも村の住人である自分が何か誘ったほうがいい？

レンツ村は何の変哲もない場所にあるから、名所などない。彼を連れて行く場所なんて思いつかない。

「だったら――――」

すると幸運なことに、オスカーから何か言い出そうとしてくれる。

「おっ、見つけたぞ！」

しかし、その言葉は子供の大声に遮られてしまう。

振り返ると、粉挽き小屋の息子のトビーが立っていた。その後ろには、心配してついてきたのか、羊飼いのケイトリンもいる。

「しょうぶしろ、よそもの！」

「こら、トビー、そんな風に言っちゃ駄目よ」

オスカーをよそものと呼んだトビーに、マリベルは焦って注意する。

「いや、いい。俺がよそ者なのは間違っていない」

しかし、当のオスカーは気にしていないようだった。

そして、彼はゆっくりトビーに近づくと、彼の目線に合わせて膝を折って尋ねる。

「どうして俺と勝負がしたいんだ？」

「それは……マリベルをつれてっちゃうからだ！」

トビーは枝を剣に見立てて、オスカーに突き出す。

どうしたらいいのかとケイトリンに視線を送るも、大丈夫だと頷かれてしまった。

ケイトリンとトビーは村長のところで、マリベルがオスカーにプロポーズされたことを聞いたのだろう。

もう話が広がるなんて、村長のアルロには後で文句を言わなくては。

「確かに連れては行きたいが、俺は彼女の意思を尊重するつもりだ。それでも駄目か？」

トビー相手でも、オスカーは腹を立てるでもなく、子供だからと取り合わないでもなく丁寧に反論している。

「だめだ！　マリベルをよめにするのはおれだ！　だからおれとけっとうしろ！」

どうやら自分を取り合って決闘しろということらしい。

トビーがそんなことを思っているなんて知らなかった。

「ケイトリンおばさん、止めてください」

黙っているわけにもいかず、ケイトリンのところに行って仲裁をお願いする。しかし、首を横に振られてしまった。

「いいじゃないか。あたしも領主だからってすんなりあんたを嫁にやったらルチアに申し訳ない。見極めてやらないと……それとライバルの一人ぐらいはいないと盛り上がらないだろ」

「ライバルって、トビーはまだ子供ですよ」

「そう変わらないさ。あんたとオスカーさま、あんたとトビー」

言われてみると、年の差があるという意味ではどちらも同じだ。

納得しかかってブンブンと首を横に振る。

「そういうことではなくて――――」

「マリベル、今日はもう家にいるなら護衛はいらないな」

トビーと対峙するオスカーが突然マリベルに声をかけてくる。

「もちろん構いませんけれど」

「だったらこっちは気にせず戻っておくれ」

「えっ……だって……」

今からトビーがオスカーに挑むというのに、自分はそれを見届けなくていいのだろうか。

「マリベル、おれのかえりをまっててくれよな」

どこで覚えてきたのか、トビーもキザなセリフでマリベルに帰れという。

呆れていると、ケイトリンにお尻を叩かれる。

「当人がああ言ってるんだ。さあ、あんたは戻って仕事してな」

「ちょ、ちょっと……」

背中を思い切り押され、マリベルは仕方なくその場を離れた。

※　※　※

トビーに睨まれているオスカーは、視界の端でしぶしぶ離れていくマリベルを見届けた。

彼女をわざと遠ざけたのは、この勇気ある少年の名誉のためだ。

年齢も体格も、明らかに上の相手に立ち向かおうとしている。その行為は幼くとも充分尊敬に値する。

ただ、それでも勝ちを譲るつもりはなかった。

わざと負けるのは少年に失礼であるし、自分がマリベルに対して本気でないと思われては困る。

全力とまではいかなくても、手を抜くわけにはいかない。

すると、マリベルがこの場にいれば、少年の打ちひしがれた姿を見せることになってしまう。それは同じ女を好きになった男として忍びない。

彼女に見せるのはどんな強敵にも立ち向かったトビーの誇らしい背中、それだけでいい。他は必要ない。

「少年、俺はマリベルを妻にする。それは本気だ。譲れん」

「おれもおなじだぞ！」

自分の決意を口にすると、同じようにトビーも答えた。

その度胸と一本気は素晴らしい。やはり今後が楽しみだ。

「手加減はしない。来い！」

「おまえこそ、あとでこうかいしてもしらないからなー」

トビーが気合を入れると、右手に持つ枝を振りかぶったまま、オスカーに向かって駆けてくる。

避けるのは簡単だが、少年の心意気も一緒に受け止めるべきだろう。

仁王立ちで待ち受ける。

「えいっ！」

間合いまできたところで、トビーが枝を斜めに振る。

ビュンと風を切る音がして、腰の辺りに当たる。しかし、考えていたよりも衝撃が少なすぎる。

見ると、彼はすでに棒を放していて、さらに一歩踏み込むとオスカーのすねを思い切り蹴った。

棒での攻撃は囮で、次の蹴りが本命だったのだ。

「いっ……」

けれど、声を上げたのはオスカーではなく、トビーのほうだった。

オスカーの身体は極限まで鍛え上げてある。子供の蹴りぐらいで脚はびくともしないし、逆に相手のほうが丸太を蹴ったように痛みを感じただろう。

「武器を捨てて不意を突くとは、なかなか考えたな」

少年の覚悟に、そして勝つために考えを巡らしたことに、感心した。

卑怯とは思わない。敵わない相手だとわかっているからこその手段で、勝つためならば、目的を達するためならば、絶望的な状況でも勝機を見いだして、どんなことでもするのが戦士のあるべき姿だ。

「う、うるさい！」

まだ諦めていないものの、トビーの顔には怯えが見えた。

仕方のないことだが、このまま負けては彼の自尊心が傷つけられてしまうだろう。

「おまえのマリベルに対する気持ちはこんなものか？」

わざと挑発するような言葉を口にする。

「ま、まだだ！　やぁ―――――！」

雄叫びを上げると、トビーが再びオスカーに向かってくる。

今度は作戦もフェイントもなしで、脚目掛けて突進してきた。やはりオスカーは動かずに受け止めると、軽く跳ね返す。

トビーの身体が軽々と吹っ飛ぶ。

「く、くっそー」

それでも見事な身のこなしで着地すると、また向かってくる。

素晴らしい闘争心だ。冷静でいられないのは欠点だが、そこはまだ子供だから仕方ない。若い時は感情を爆発させるものだ。

「ふんっ」

オスカーは一歩も動くことなく、またもトビーの攻撃を跳ね返した。

「もう終わりか?」

「まだだ！　まだだぞ！」

それから何度も、何度もトビーはオスカーに向かってきた。

突進して、跳ね返され、地面に転がり、立ち上がっては、また突進を繰り返す。

「はぁはぁはぁ……く、くそぉ……」

しかし、それも体力の限界が来るまでだった。

「少年……いや、トビーといったか？」

地面に座り込んだトビーに声をかける。もう立つこともできないのだろう。

「な、なんだよ」

「なかなかいい攻撃だったぞ、特に一発目の攻撃はよかった」

「ほ、ほんとか⁉」

トビーがぱっと顔を輝かせる。

「お前があと十年早く生まれていたら勝負はわからなかった」

「そ、そうだろ！　マリベルより早く生まれたおまえがずるいんだ！」

本当にこの少年なら自分を超えられる素質がある。

いや、子供は誰でも無限の可能性を秘めているものだ。

「だからあと十年間、お前が鍛錬を続けたらその時、また勝負だ」

「わかった！　それまでマリベルはおまえにあずけるぞ！」

手を差し出すと、トビーがそれを握りしめる。

彼を立たせて、汚れを叩いてやった。

「それから、俺とお前は同じ女を好きになった者、つまり志を同じくする同志だ」

「あぁ、どうしだぞ！」

意味がわかっているかどうかは怪しいが、少年が胸を張る。

「同志は、何か困ったことがあれば助け合うものだ。遠慮なく言え」

「わかったぞ！　おまえも言えよな」

うんうんと頷いて、何かを思いついたのか顔を輝かせる。

「そうだ！　こんどおれがつよくなるほうほうをおしえてくれ」

「あぁ、村にいる間なら構わない」

「いますぐでいいぞ！」

先ほどまで地面でへばっていたのに、さすが子供、回復力はたいしたものだ。

それからトビーに鍛錬の仕方を教える。

主に基礎体力の付け方と、枝を剣に見立てた素振りのやり方だ。

それらを教え終わると、トビーはすっかり疲れて眠ってしまいそうに目をしぱしぱとさせていたので、オスカーはこの勇気ある者を背負い、ずっと見守っていた羊飼いのケイトリンと一緒に彼の家まで送り届けることにした。

※　※　※

翌朝、いつものようにまだ薄暗い中、マリベルは目覚めた。

結局、あの後オスカーは訪ねてこなかった。だから、トビーと彼との決闘がどうなったのかわからない。

そのことが気になって昨日は寝付きが悪く、今日はいつもより眠い。

寝間着を脱ぎ捨てて、肌着だけになると、昨日汲んできた水で顔を洗う。

普段はさらっと一度だけだが、今日は念入りに洗った。朝、外でオスカーが待っていると思うとなんだか気になってしまったのだ。

今度、お金に余裕ができたらだけれど、鏡を買うべきかもしれない。

普段着のワンピースの皺や汚れを丁寧に取って、籠を背負うと家を出た。

「おはよう、マリベル」

「おはようございます、オスカー」

やはり彼は待っていた。

驚いた昨日と違って、なんだか今日はほっとしてしまう。

「きのう――――」

「今日から採取の時だけ護衛するのでいいか？」

昨日はどうだったのか、と質問しようと思ったけれど、先に言われた。

「はい、よろしくお願いします」

さすがに一日ついて回るのはやり過ぎだと思ったのか、それともマリベルのなんでもない日常に飽きてしまったのか。

オスカーの性格から後者だとは思えないけれど……少し落ち込んでいる自分がいた。

「あとマリベルさえよければ、時間がある時は家を訪ねてもいいか？」

「もちろんです！」

二つ返事で答えた。

悪いほうに考え過ぎかもしれない。朝、こうして採取の護衛をしてくれるということは、心配してくれていることに違いないと思う。

昨日、マリベルと村を回ったことで、領主として何かやるべきことが出てきたのかもしれない。

領主に、しかもなったばかりなのだから、彼が暇なわけがない。

二人で並んで森を歩いたら、すぐに不安な気持ちは消え去った。

「はい！」

「では森へ行こう」


今日もオスカーと朝の森を楽しんだ後、彼と別れて一人で村を回る。

怪我や病気を自分から言い出せない人も多いので、皆と世間話をしながらそれらしい情報を集めていく。

これは母から教わったのではなく、まだ薬師として村人の信頼を得ているとは言いがたいマリベルが自分で考えて行っていることだった。

母の偉大さを改めて知る。

「おっ、マリベル！」

森に近い自分の家から村の中心に向かっていくと、いきなりトビーと会う。すぐに駆け寄ってきた。

「いつむらをでてくんだ？　じゅんびできたのか？」

「へっ？」

思わず間抜けな声を出してしまう。きっとオスカーに負けて落ち込んでいるだろうと思っていたので意外だった。

「だって、オスカーさまのとこにいくんだろ？」

「えっ？　それは……」

昨日とはまったく違う態度に戸惑う。

自分のことを嫁にすると言っていたのは、一体なんだったのだろう。

「うじうじなやんでんじゃねーよ。あいつならマリベルを任せられるからな。じゅうねんごに、まってろ……じゃあな！」

言いたいことだけを言って、トビーが去って行く。

手には昨日と違って、誰かに作ってもらったらしい木剣を持っていた。

「十年後？　どういうこと？」

意味がわからずに首を傾げる。

「まあ、いいか。なんか元気だったし」

落ち込んでいるよりよっぽどいい。昨日、オスカーとの間で男にしかわからない、何かがあったのかもしれない。

ケイトリンと会ったら話を聞いてみよう。

そう思った矢先、今度はケイトリンの姿を見かける。

「ケイトリンさーん！」

遠くから声をかけると手を振ってくれる。こちらも手を振り返しながら、羊の群れを引き連れた彼女に近づいていく。

「おはよう、あら？　今日はオスカーさまと一緒じゃないんだね」

「おはようございます。さっきまでは一緒だったんですけど、今日は何か用事があるみたいで」

「そうかい、そうかい。仲が良くていいねぇ」

なんだか、いつも以上にケイトリンに温かく見守られている気がする。

「別に村の中でよく話したことがあるのが私なだけで……」

「照れなくていいんだよ。しかしいい男だね、オスカーさまは。あたしがもうちょい若ければ猛アタックするんだけどねぇ。まったくあんたが羨ましいよ」

「…………」

昨日の『領主だからってすんなりあんたを嫁にやったらルチアに申し訳ない。見極めてやらないと』発言はどこへ行ってしまったのだろう。

すっかりオスカーを気に入っている様子だ。

「別にオスカー様と私の間には、何もありませんよ」

オスカーの名誉のためにも、否定しておく。

このままだと何の意思表示もせずに、気づいたら村全体が二人をそういう目で見ていた、ということになりかねない。

「まだなのかい？　意外と奥手なのかい。こりゃ、あたしが一肌脱ぐ必要があるかもしれないねぇ」

ケイトリンが俯いて、何かぶつぶつ言っている。

「……ケイトリンさん？」

「あぁ、あんたは気にしなくていいよ。さっ、今日も仕事に精を出しな」

彼女にパンとお尻を叩かれる。

「は、はい」

いつもはゆっくり羊の群れと一緒に移動するケイトリンだけれど、今日はそそくさとマリベルから離れていく。

首を傾げながらそれを見送った。

オスカーのことが気に入った村の人間は二人だけではなかった。

それから数日、マリベルが村を歩いているといつもより積極的に声をかけられる。

「オスカー様は一緒じゃないのか」

彼と一緒にいないのを見ると、明らかに残念そうな顔をする人がいるかと思えば……。

「私にも幸運をわけとくれ」

いきなりマリベルの手を握る人がいたり……。

「あんたは優しくて、良い子だからね。あっちでも元気でね」

一方的に、村を去るようなことを言われたりもした。

それらの村人のオスカーに対する態度の変化の理由は、さらに数日するとわかってくる。

彼が滞在して五日目、今日は時間があるということで、二人で村をぶらりと歩いていた時だった。

「あっ、マリベル、オスカー様も！」

声をかけてきたのは、あれからすっかり胃腸の調子が良くなったネッドだ。

腕に今日の食材が入っているだろう大きな籠を下げて、小走りに近づいてくる。

「あぁ、ネッド。元気か？」

「はい、オスカー様、おかげさまで身体の調子はばっちりです」

彼がネッドと仲良くなっていることが意外だったけれど、酒場に何度か足を運んだのかもしれない。

「あと、あれから雨漏りすることもなくなりました。ありがとうございます」

「力になれてよかった。また別のところからもれるかもしれないから、気づいたらすぐに連絡をくれ。放っておくと木材が腐って困るからな」

「ありがとうございます。暇があったら酒場にも寄ってください。ご馳走するので」

深々と感謝するとネッドが去って行く。

「酒場の屋根をオスカー様が修理したんですか？」

「この村に大工がいないと嘆いているのを聞いてな。砦や拠点の修理をしたことがあったから、なんとかなった。よかった」

遠征の多かった彼は、どうやら料理から建築までなんでもこなせてしまうみたいだ。

「隙あり！」

今度はいきなり背後から子供の声が聞こえてくる。

振り返ると、オスカーがトビーの木剣を腕で受け止めていた。

「くそー、いまのはいけたとおもったのに」

「まだまだあまい。さあ、来い」

オスカーは近くに落ちていた小枝を拾うと、トビーに声をかける。

唖然としているマリベルを放って、男二人は剣の練習を始めた。

オスカーが持っているのは今にも折れそうな細い枝だけれど、見事な動きでトビーの振るう木剣を受け止めていく。

カンカンと小気味良い音が辺りに響いていた。

「そういや、そうだ！　とうちゃんがオスカーさまにありがとうっていっとけって。すいしゃ、うごきがよくなったって」

「手入れを忘れるなって言っといてくれ」

「任されたぞ」

打ち合いながら会話をしている。

どうやら、ネッドの屋根に続いて、トビーの父が管理している水車もオスカーに直してもらったらしい。

「まいったー……くっそーやっぱりかてない」

「まだ十年足りないと言っただろ。鍛錬あるのみだ」

最後に手が痺れて木剣を落としたトビーが負けを認めた。

なんだかとっても仲良くなっている気がする。いつもトビーの遊び相手は自分だったのに。

「すこしやすんだら一人ですぶりしてくる」

「その意気だ。俺も毎朝三百回の素振りを欠かしたことはない」

「じゃあ、おれは五百回だ！」

元気に去って行くトビーを、二人で見送る。

「なかなか素質がある。将来が楽しみだ」

「トビーが？　騎士の？」

「あぁ、俺を超えるかもしれん」

信じられないけれど、トビーのほうもすっかりやる気のようだ。

オスカー自身も、自分の村に来た騎士団に憧れて、騎士を目指したと言っていたことを思い出す。

トビーは、今まさに騎士に憧れているのかもしれない。

「オスカー様、オスカー様」

またも村人に声をかけられる。今度は農業をしている家のおじいさんだ。

「マリベルと一緒のとこ申し訳ない、ちょいと農具の調子が悪いんだが……」

「そうか……マリベル、行ってきていいか？」

すまなそうにオスカーが尋ねてくる。

もちろんマリベルは頷いた。

「行ってきてください。私のほうは村を回って帰るだけだから」

「後で会いに行く」

そう言うと、農家のおじいさんと話しながらマリベルから離れていく。

どうやらオスカーは、マリベルと一緒にいない間に村の様々な困りごとを解決して回っているみたいだ。

それはきっと意識してのことではないだろう。

偶然、村人の手助けをして、それが広まり、次第に頼られるようになって、すっかり村の人たちに気に入られてしまったようだ。

「あら、オスカー様と一緒じゃないのかい？　喧嘩はだめだよ」

「そんなんじゃありません」

通りかかった女性に、そんなことを言われてしまう。

オスカーが村で人気者になるのは、外堀を埋められてしまったような感じで、くすぐったくもあるけれど、まったく嫌な気分にはならない。

彼のプロポーズに応えたい、その大きな胸に飛び込みたいという気持ちがどんどん大きくなっていく。

それでも、やはり、領主になった彼に相応しいのかが自分の中で引っかかっていて、マリベルからは、なかなか切り出すことができなかった。

※　※　※

その日の夕方、オスカーは村に唯一の店であるネッドの酒場にいた。今日は先ほどまでマリベルと一緒にいて、家へ送り届けてきたところだ。

店長との約束通り店を訪れると、さっそく山盛りの料理と蒸留酒が運ばれてくる。

酒は特別好きではないが、嫌いでもない。だが、トビーの料理は濃いめの味付けで、辛めの蒸留酒によく合うから食が進んだ。

「……こういった生活も悪くないな」

ふと感じた。

騎士として剣を振るうこと、誰かを守ることは、自分に合っている。

ただ、マリベルを追ってレンツ村に来て、七日ほど過ごしたが、ゆっくりとしたこの生活もいいものだ。

大工や狩人の仕事をしながら、薬師の彼女の手伝いをすればいい。村には必要な職業だが、なり手が少ないので歓迎されるはずだ。

「もしマリベルが領主の妻を望まないなら、村の住人になるのも悪く……いや、さすがに騎士団長を投げ出すわけにはいかないか」

「何？　オスカー様、マリベルのために領主をやめて村に住むつもりなんですか？」

いきなり驚いた声が近くから聞こえてきた。追加の料理を運んできたネッドに独り言を聞かれたらしい。

「歓迎しますけど……次の領主がどんな方になるのやら……いや、オスカー様が村にずっといてくれるのは嬉しいんですけどね」

「悪くない、ただそう感じただけだ。冗談だから気にしないでくれ」

困り顔のネッドを落ち着かせる。

いくらマリベルと一緒にいるためとはいえ、国王からの恩を返さずに、騎士団を放り出して、ただの村人になるのは自分も望まない。

「そうですか、よかった。だったら、何としてもマリベルを説得して連れて行かなきゃいけませんね」

「彼女の意思を曲げるつもりはない」

マリベルが自分と暮らすことで不幸になるなら意味がない。

その時は潔く身を引くつもりだった。もちろん、彼女の側にいられないのは、今では辛いことだが、彼女の幸せのためならば、甘んじて受け入れるつもりだ。

「何言ってんだい！　男なら黙ってついてこい、幸せにしてやるって言えばいいんだよ」

「そうじゃ、わしの若い頃なんて、一緒にいたいと勝手に女たちのほうからついてきたもんだぞ」

「嘘言うんじゃないよ。女の尻ばかり追いかけて、父親に叱られたくせに」

酒場の入り口を見ると、村長のアルロと羊飼いのケイトリンが立っていた。さっきまでオスカー以外に客がいなかったから、今来たところなのだろう。

「適当に酒とつまみもってきとくれ」

そして、勝手に同じテーブルにつくと、ケイトリンが注文する。

「つまみは追加で作ってるから、とりあえずそこのでいいかな？　酒は、ちょっとまって……はい、どうぞ」

ネッドがすぐにカウンターの中に戻ると、蒸留酒の入ったグラスを三つ手にして戻ってきた。

そして、彼自身もオスカーのいるテーブルの席につく。

「今日も一日お疲れ様でした」

ネッドの合図で乾杯する。キーンと気持ちの良い音が辺りに響いた。

三人に合わせて、蒸留酒を喉に流し込む。

「いい飲みっぷりだね、オスカーさま。それで、マリベルはまだプロポーズに応じないのかい？」

ケイトリンに話題を戻される。

あれこれ聞かれるのは、好きではないがこの場合仕方ないだろう。

「いや、最初に言ってからは何もしていない」

「何度でも言えばいいんじゃゃ、何度も言わなければ伝わらんこともある」

アルロの言葉は村全体の責務を背負ってきただけあって、重みがある。

「あたしは、脈はあると思うんだけどねぇ、何か引っかかっていることはあるんだろうが」

「引っかかり、か……」

やはり爵位持ちになったのが問題なのだろうか。だとしたら、今となっては諦めるしかないだろう。

「何が理由なのかは、マリベル自身が話してくれるまで待つしかないね」

「そうだな」

「心配しなくていい。逆にマリベルの中で解決さえすれば話してくれるはずさ」

ケイトリンが酒を呷りながら、上機嫌でオスカーの背中を叩く。

「ということは、今はそれとなくアピールする時ってことかな？」

ぱぱっと追加の料理を運んできたネッドが話を進める。

自分とマリベルのことを真剣に考えてくれているらしい。彼は少し気が弱いところがあるが、やはりいいやつだ。

「そうさね。あの子はガンガン押されるより、じわじわ攻めていくほうがぐっと来るんじゃないかい？」

「搦め手ってやつだね」

戦いでも、正面からの攻撃が有効でない時は、周囲から攻めるのがセオリーだ。

「搦め手か、わしが若い頃は夜這い――」

「といっても、あんたの周囲へのアピールは充分じゃないかね。次は本人にアピールしていくのはどうだい？」

すっかり酔っぱらって真っ赤になったアルロが何か言いかけたが、それをケイトリンが遮った。

「具体的にはどんなことだ?」

本人へアピールするのに、搦め手とはどういうことだろう。まったくもってオスカーにはわからない。

「キスはまだ早いよね。手を繋いだりとか?」

「そうさ、ボディタッチってやつだね」

「婚前に、そんなことをしていいのか!?」

ネッドとケイトリンの言葉に、思わずオスカーは立ち上がる。

ガタンと大きくテーブルが揺れて、蒸留酒が少し零れてしまった。

「す、すまない。取り乱した」

マリベルの手を握ると考えただけで、鼓動が速くなる。

「好きだという気持ちは、触れたほうが伝わるもんだよ」

「そういうものなのか」

自分の手を思わず見つめる。

「もう一度言うが、あたしが思うに脈はある。憎からず思っているはずだよ。だから、それとなく触れても嫌がったりはしないはずさ」

「僕もそう思うよ。オスカー様、がんばってみて」

二人のマリベルに対する見立てを信じてみようと思う。

「三人の助言、心から感謝する」

「なーに、礼は不要じゃ。みーんな本心からおまえさんとマリベルには幸せになってもらいたいんじゃ」

ほっほっほとアルロが陽気に笑う。

ケイトリンとネッドも頷く。

その日は、三人と夜遅くまで飲み明かした。

※　※　※

オスカーが村に来て八日が過ぎた。

マリベルが見るに、彼はすっかり村に溶け込んでいるようだ。村の人間と仲がよさそうに話しているのを何度か目撃していた。

そして、最近、彼について気になっていることがあった。

「マリベル、今日は少し地面が濡れているな」

「はい、夜中に少し雨が降ったみたいです」

今日も、二人の日課になっている朝の採取に出掛ける。

「その……転んだりしないか？　転ばずに歩けるか？」

明らかに緊張した面持ちで、オスカーが尋ねてくる。

なんだか言葉遣いもおかしい。

「じゃ、じゃあ……」

マリベルも緊張しながら、手を差し出す。

最初の頃は、何のことだろうと首を傾げていたのだけれど、何度か言われているうちに手を握ろうとしているのがわかった。

きっと誰かの入れ知恵で、それに乗るのは少し癪だったけれど、彼がそれを望んでいるのだから邪険にはできない。

オスカーの大きな手が、マリベルの手をすっかり包み込む。

少しごつごつとしているけれど、とても温かい。

母以外で人の温もりに触れるのは久しぶりのことで、恥ずかしくも、嬉しい。

——結婚したら、毎日してくれるのかな。

ふとそんな風に思って、首を横に振る。

プロポーズを断ったのに、自分は何を考えているのだろう。

「どうした？　これは嫌だったか？」

「そんなことないです！　う、嬉しいです……」

すぐに否定して、強く否定しすぎたことが恥ずかしくて、俯く。

手を握ると彼を身近に感じてしまい、もうまともに顔が見られない。

「なんだか、顔が赤くないか？」

そんな自分に何を勘違いしたのか、オスカーが心配そうな顔でのぞき込んでくる。

「な、なんでもありません」

焦って否定したのが、逆に心配かけまいとしているように見えてしまったらしい。彼が一歩寄ってきて、距離がぐっと近づく。

「なんだか手も熱くなっている気がする……まさか、病か!?」

今度はオスカーが焦り始めた。

目を見開いて、さらにマリベルを見つめてくる。

さっと手が伸びてきて、額を包まれた。

ひんやりとして、気持ちいい……んっ？　ひんやり？

そういえば、朝から少し身体がだるかった。恥ずかしさからだけでなく、今日は本当に少し熱があるようだ。

昨日の夜に彼のことを考えていたら眠れなくなってしまい、深夜まで薬を調合していたせいかもしれない。

「すぐに戻ろう」

「大丈夫です、これは……特に何でもないんです」

さすがに〝あなたを思って、体調を崩した〟なんて言えるわけがない。

マリベルは、ただ大丈夫だと言うことしかできなかった。

「駄目だ、無理はよくない。今すぐ戻るぞ。ええいっ、時間が惜しい」

本当に心配している様子のオスカーは、何を思ったのか急にしゃがみ込んだ。

「えっ……ひゃっ！」

彼の手がマリベルの足と肩をしっかりと摑み、軽々と抱え上げられる。

一気に視点が高くなって、マリベルは反射的にオスカーの首に手を回していた。肌が触れ合って、顔と顔がさらに近くなる。

「い、いくぞ」

ハッとした彼が照れたように視線を逸らすと、来た方向に走り出す。

彼の動きは、森の中を走っていても不思議と上下することなく、揺れがほとんどない。

高鳴る胸をなんとか静めようとしているうちに、家へと辿り着いてしまった。


マリベルは抱えられたまま、家に着くなり寝室に連れて行かれる。

「着替えてくれ。俺は温かいものでも入れてくる」

「あの……オスカー様、本当に……」

大丈夫だと言う前に、部屋を出て行ってしまう。

そして、温めた山羊のミルクと絞った布巾を持ってきてくれる。

五年前、一緒に暮らしていたようなものなので、マリベルの家のどこに何があるか、彼はほとんど知っているのだ。

なんだか、とても気恥ずかしい。

「ありがとう、ございます」

「他に欲しいものはないか？　してほしいことはないか？」

心配するほど体調は悪くないと伝えなくてはいけないのに、彼の優しさについ甘えたくなってしまった。心配させるのは申し訳ないのだけれど、もう少しこうして介抱されたい欲求に駆られている。

「側にいてくれますか？」

気づけば、そんなことを口にしていた。

自分の本心だった。

彼の心配する様子が、あれこれしてくれる優しさが、自分のことをとても大切にしてくれているのが痛いほどよくわかる。

「あぁ、お前が望むなら、今日は一緒にいよう」

今日だけでなく、ずっと側にいてほしい。

心の中でそんなことを思ってしまう。でも口には出せない。

「ありがとうございます……きっと解熱効果のある薬を飲めば、すぐに治るはずです」

「薬だな？　どこにある？　すぐに持ってくる」

「いいんです。自分で飲めます……から」

部屋から出ようとした彼の腕を掴んで止める。

すると、彼と目が合った。

そのまま視線を外せなくなってしまう。

――ずっと彼を見つめていたい。好きって言いたい。

時が止まったかのように、オスカーも同じく、じっとマリベルを見つめていた。

彼も同じ気持ちだったら、嬉しい。

「マリベル……」

気持ちが通じたみたいに、ゆっくりと彼の顔が近づいてくる。

マリベルは目を瞑って、それを受け入れようとした。

しかし、寸前で口を開く。

「あっ、風邪だったらうつしてしまうかも――」

「関係ない」

最後は、彼がマリベルの唇を強引に奪った。

それは手を繋いだ時や、抱きかかえ上げられた時よりもずっと彼を近くに、強く感じることで……胸が高鳴っていく。

このままだとさらに熱が出て、オスカーを心配させてしまいそうだ。

「俺は風邪を引いたことがない」

「ふふっ……オスカー様らしいです」

唇が離れると、彼がそんなことを囁いてくる。

思わず、マリベルは微笑む。

不思議だった。キスをして、恥ずかしくなって普通なら緊張してしまう場面だろうに、心は穏やかで、温かだった。

一気にではなく、じんわりと彼への愛おしさが胸に広がって強くなっていく。

「その様というやつ、取ってはくれないか？　オスカーと呼んでくれ。もっと身近に呼んでほしい。いや、ずっと側にいてほしい」

「それって……」

喜びが込み上げてくる。

次に彼が何を言おうとしているのか、はっきりとわかる。

「俺の妻になってほしい。お前の母と約束した義務からではなく、俺が望んでマリベルと一緒にいたい」

二度目の告白、それをゆっくり嚙みしめる。

彼に相応しい人が他にいるとか、貴族の妻に庶民がなれるのかとか、もうどうでもよくなっていた。

ただ、彼が求めてくれていて、自分も彼の側にいたい。

その気持ちさえあれば充分だと思えた。

難しいことは、これから二人で解決していけばいい。

「よろしくお願いします」

「……？」

頷いたのに、彼が驚いた顔をする。

「今、承諾したのか？　俺の妻になるということを！」

がばっと肩を持って尋ねてくる。

「はい、あなたの妻になります」

「本当か？　本当だな？」

こくりと何度か頷くと、やっと彼が納得する。

「頷いてくれるまで何度でもプロポーズするつもりだったが……」

信じられないかのように、オスカーが感動していた。

最初の告白を断ったのが申し訳なくなってくる。

「ありがとう、マリベル。その……もう一度いいか？」

何を、と尋ねなくてもわかる。

二人の気持ちが通じ合ったことを確かめたいのだ。

誰よりも近くで、触れ合って。

「ん……」

目を瞑ると、唇に彼の感触が降ってきて、追って抱きしめられた。

身体をぎゅっとされて、全身で彼を感じる。

「幸せにするのはお前の母との約束通りだ」

「私にもあなたを幸せにさせてください」

すぐにでも彼のしてほしいことを、すべて叶えてあげたい。

それがどんなに恥ずかしいことであっても。

「もう充分すぎるほど、俺は幸せだ」

もう一度、どちらからともなく顔を近づけ、三度目のキスをした。

唇を長く合わせる。

先ほど通じ合ったばかりのはずなのに、もう離れたくないと思うほど、お互いが愛おしい存在になっていた。

【第三章】古城の結婚式

気持ちが通じ合ってからさらに一週間後、マリベルは馬車に揺られていた。行き先は領主の居城であり、マリベルとオスカーの新たな住まいとなるウォルド城だ。

一緒になることを決めた後、まずは今後について二人で考えた。

領主である彼と二人で村に住むというわけにはいかない。マリベルは村を離れることを決断した。ただ、村に薬師はマリベル一人しかいない。

新しい薬師をどこからか呼んで来ることも考えたけれど、裕福でもなく、特別なこともない村に、何の関係もない住人を呼ぶのは難しい。

だから、ひとまず仕事は続けることをオスカーに認めてもらった。元の家は診療所として使い、数日に一度、城から通うことにする。

幸い、ウォルド城と村は馬車でゆっくり行っても、半日もあれば往復することができた。

「疲れていないか?」

開けたままの馬車の窓の外に、オスカーが顔を見せる。

マリベルは彼が荷物を積んできた馬車に一人で乗っていて、領主であるはずのオスカーが愛馬で並走していた。

まるで護衛される貴族令嬢になったかのようで、気恥ずかしい。

「快適です。あとどれくらいです?」

数時間とはいえ、慣れない馬車での移動は少し堪《こた》えていたけれど、マリベルは彼へ微笑みを浮かべた。

村では身体を動かし続けていたので、ずっと座っているのがどうも落ち着かない。

「もうすぐ見えてくる頃だ」

「楽しみです」

オスカーはマリベルから見える位置のまま並走している。安心させようとしてくれているのかもしれない。

それから数十分ほどした時、馬車がゆっくりと止まる。

何かあったのだろうか?

「降りてみないか?」

すると、すでに馬から下りていたオスカーが尋ねてくる。

「はい、何かあるのですか?」

御者が素早く扉を開けてくれる。

一歩馬車から出ると、光が溢れてきて、眩しさに目を閉じた。

ゆっくり瞼を上げる。

「わぁぁ」

思わず声を上げてしまう光景が広がっていた。

そこは森の街道を抜けた小高い丘の上で、眼下には平原がどこまでも広がっている。

平原には幅の広い川が蔦のようにくねくねと伸び、沿って家がポツポツと建てられていた。

家は奥へ行けば行くほど軒数が増え、最後は楕円状の多数の家の集まり、つまり街を形作る。

その一番奥に、曲がりくねる川を背にして、水色の屋根の城が建っていた。

「ウォルド城と城下街だ。俺も数回見ただけだが……悪くない」

隣に並ぶオスカーも感慨深げに景色を見ている。

ウォルド城は、それぞれ違った屋敷みたいに建物が合わさったような変わった形をしていた。円柱状の尖塔もあれば、四角い塔もあり、窓が均一に並ぶ直方体の建物もある。以前の領主が増築していった結果かもしれない。

屋根は少し褪せた水色、建物自体は綺麗なクリーム色をしている。周囲に門や塀はなく、美しい道の黄土色と庭園の緑が美しい。

目を奪われてしまうほど素敵な城だけれど、マリベルとしては、あんな立派なところにこれから住むことになるのかと思うと、気後れしてしまう。

全部の部屋の掃除をするのに何日かかるのだろうか。

そもそも各部屋を覚えきれるのだろうか。

もっといえば、城の中で迷子にならないだろうか。

もし迷子になったら、どうやって助けを呼べばいいのだろうか。

次々と浮かんでくる不安はつきない。

「マリベル、行こう」

戸惑うマリベルと違って、オスカーは満足げだ。

「は、はい……」

差し伸べられた彼の手を、反射的に取る。

ぐいっと腕を引かれたかと思うと、気づけば馬上にいた。

そこはオスカーの前、というより手綱を握る腕の間で、とても恥ずかしい。

「先に行く。馬車はゆっくりでいい」

オスカーが御者に命じる。

自分も馬車で、ゆっくりでいいのだけれど……。

「はっ！」

心の中で思うも、オスカーの愛馬が走り始める。

「きゃっ……」

凄まじい勢いで、二人を乗せた馬が丘を駆け下りていく。必死になってオスカーの腕に抱きつき、舌を噛まないように、ぎゅっと口を噤んだ。

しばらくは目を瞑っていたけれど、男の子たちと一緒になって木に登ったり、飛び降りたりして遊んだこともあるマリベルはすぐ慣れた。

丘を半分下った辺りから、風を切る感覚や、流れていく景色を楽しんだ。

オスカーの愛馬はあっという間に城へと二人を運んだ。

出迎えの使用人たちが間に合わず、馬を下りた時に慌てて玄関から出てくるほどだった。

「お帰りなさいませ、オスカー様」

かろうじて間に合った使用人たちが二人に向かって頭を下げる。

「申し訳ありません。全員が挨拶に揃わずに」

一番手前にいた黒いびしっとした燕尾服を着た男性が謝る。

髪が白くなり始めた初老の男性が多く、その中で身なりや姿勢が誰よりもきちっとしている。彼はきっと屋敷を取り仕切る役目の執事だろう。

事前にマリベルは、なぜか貴族について詳しい村長から出来る限りのことを教えられていた。ただ、それでもわからないことだらけだ。

「気にするな、先触れを出したわけではない」

「旦那様の寛大なお言葉、使用人一同敬服いたします」

もう一度、ずらり並んだ使用人たちが頭を下げる。

その間にも挨拶に並ぶ人数は増えていく。マリベルはその人数に驚いた。

確かに広い城を維持するには人手が必要だろうけれど、村の住民の数を超えてしまいそうだ。

「堅苦しいのは好きではない。知っての通り、俺も、妻のマリベルも元は平民だ。貴族の暮らしには疎い。何かと頼りにさせてもらう」

オスカーの言葉に、マリベルも頷く。

「畏まりました、精一杯務めさせて頂きます。旦那様、マリベル様、お疲れとは思いますが、まずは使用人たちを紹介させて頂けますでしょうか」

オスカーがマリベルの顔を見たので、大丈夫だと小声で伝えた。

「頼む」

「まずはメイド長のグレイスです。メイドやコック、屋敷内の管理をいたします。特にマリベル様はお見知りおきを」

執事の向かいにいる女性が目を伏せて頭を軽く下げる。

飾りの少ない臙脂色のワンピースをきっちり着こなし、背が高く、きりっとした目元や口元や、短いながらも柔らかそうな茶色がかった髪は、マリベルよりよっぽど令嬢に見えそうだ。

年齢はマリベルよりは少し上のようだけれど、オスカーよりは下に見える。

「よろしく頼む」

「よろしくおねがいします」

オスカーに続き、慌ててマリベルも挨拶をする。

頭を下げそうになるも堪える。

「次に、マリベル様の侍女となる者を先に……チェルシーです」

執事に紹介されたのは、マリベルと同年代の親しみのある女性だった。

目が合うとにっこり微笑んでから、頭を下げる。メイド長のグレイスと違い、スカートが広がり、腕の部分がやや広がった紺色のワンピースを着ていて、長めで薄茶色の髪は後ろでまとめてある。

感情たっぷりの猫のような瞳と、笑うと印象的なえくぼが可愛らしい。

どこかで見たことがある気が……。

「チェルシー……って、もしかしてルーシー!?」

「はい、マリベルさま」

チェルシーがウィンクして、わざとらしくさまをつける。

彼女はレンツ村で幼い頃にとても仲良くしていて、お互いにルーシー、ベルと愛称で呼ぶ間柄だった。

同性で同年代は村に少ないので、よく一緒にいたものだ。

ただ、オスカーと初めて出会った少し前に、城の使用人になるため両親と村から旅立ってしまい、それ以来会っていなかった。

彼女は昔から可愛かったけれど、成長して、村人とは違う洗練された美人になっていたのですぐには気づかなかったのだ。

「次に――――」

その後も執事が使用人を手早く紹介していく。

チェルシーと抱き合って再会を喜びたいけれど、後にしたほうがいいだろう。

「この後はどういたしましょう？　お休みになられますか？　それとも城を見て回られますでしょうか？」

おそらくオスカーとマリベルに関わりのある者、すべてを紹介し終えると、執事が次の行動の判断を委ねてくる。

「私は大丈夫ですよ」

再び、オスカーがマリベルの顔を見たので、頷く。

馬車に揺られるのはもう遠慮したいけれど、別に歩いたわけではないので足は疲れていない。少し散歩したいぐらいだ。

「そうだな……頼んでおいた場所は準備ができているか？」

彼はマリベルが了承したので、少し悩んでから執事にそう尋ねた。

「もちろんでございます。では、そちらだけご案内いたします」

執事に連れられ、オスカーとマリベルは城に入る。

入ってすぐのところにある大きな階段を上らずに、右へ回り込むとそのまま進む。しばらくしてまた右に進み、さらに一番奥の部屋の前まで歩いた。

「特別に用意させて頂きました治療室でございます」

扉を開けながら、執事が告げる。

「すごい……」

思わずため息が出てしまう。

室内は広く、大きめの窓が外側の二面にあって光と風がたっぷり入ってくる。一階なのに埃やカビっぽさはまるでない。

中央には腰の高さぐらいあるテーブルがあって、壁際には大きな棚と座って使う高さのL字型のテーブルが置かれていた。

機材もすり鉢から、ランプ、本当は欲しかった水道や蒸留装置まで揃っている。

「これ、いくらでも薬や材料を入れられます！」

中でもマリベルを興奮させたのは、壁に置かれた木製の薬棚だ。

同じ大きさの引き出しが整然と並んでいて、まるでそれ自体が美術品のように美しい。

整理して一つずつ、好きなところに薬を入れていくのは、きっと何よりも楽しい作業だろう。

思わず、薬棚に頬ずりしてしまいたくなる。

「扉がやけに多いな」

防犯面で気になるのか、オスカーが眉間に皺を寄せている。

見れば、入ってきた扉の左右にもそれぞれ扉がある。

「この部屋の特徴の一つになっておりまして」

執事がまずは左側の扉を開ける。

「隣が続き部屋になっております」

左側の扉を開けた先は、中央にベッドが二つ置かれた部屋になっていた。先ほどの場所が薬剤室とすれば、ここは診察室といったところだろうか。

薬は毒にもなる。薬の保管場所と診察する部屋は分けたほうがいい。

「じゃあ……右側の部屋は？」

期待して、今度はマリベルが自分で扉を開ける。

右側の角部屋なので、そこは当然外と繋がっていた。

「なんだ？　裏口か？」

オスカーが首を傾げる。けれど、マリベルはすぐにそこがただの城の裏手ではないことに気づいた。

「菜園？　もしかして……薬草園⁉」

「その通りでございます、マリベル様。今は主にハーブを植えておきましたが、ご指示頂ければ他の植物の苗も入手いたします」

「すごい！　すごいです！」

さらにマリベルは興奮した。

よく使う薬草はここで栽培することができれば、わざわざ採取に行く手間もなくなるし、在庫の管理もしやすくなる。

薬剤室と診察室、そして薬草園の三つが隣接していて、移動がスムーズだ。

薬師が使いやすいように考えて作られた部屋に違いなかった。

「いい仕事をする。さすがだな」

「マリベル様にここまで喜んで頂き、わたくしどもも嬉しく思います」

城に移ることに不安があったけれど、この部屋があるだけでそれらは吹き飛んだ。

これからの毎日が楽しみでしかない。

「執事さんも、オスカーもありがとうございます。用意してくださって」

「せっかくだからお前に城を好きになってもらいたくてな」

「もう大好きになりました」

気づけば、他の人がいるのに、照れるオスカーの手を握って抱きつきそうになっていた。ハッとして離れる。

「残りの部屋はおいおい説明させて頂きます。今日はお疲れになったと思います。あとは食事とお休みを」

タイミングよく執事に促され、今度は自室へと案内される。

夕食をとる頃には辺りが暗くなっていて、慣れない馬車の移動や興奮して疲れていたマリベルは、お風呂に入れられると、城に来て初めての夜にオスカーが訪ねてこないか焦る間もなく、眠りに落ちた。


城にサプライズな部屋が用意されていて、心から喜んだけれど、薬剤室に籠もったり、薬草を育てたりするのはしばらくできそうになかった。

まず、マリベルは差し迫ったことを片付けなければならなかったからだ。

「マリベルさま、今日の予定ですが、まず朝に仕立屋が来ますのでドレスの採寸とデザインの打ち合わせを。次にコックとは結婚式の献立の確認を、その後は会場の飾り付けのイメージを上級使用人たちと――」

侍女のチェルシーが今日の予定を読み上げていく。

朝食は遅めにゆっくりとったので油断していたのだけれど、そこから予定はぎっしりと隙間なく詰まっていた。

「昼食の後に、午後はグレイスさんからマナーの手ほどきがあって、夕食まではダンスの練習を……」

唖然としているマリベルに気づいて、チェルシーが読み上げるのを止める。

「ベル、いきなり式が二週間後では、仕方がないわよ。しかもあなたは貴族じゃないし、学ばなくてはいけないものがありすぎ。まだわたしが花嫁になったほうが早いレベル」

「ぐぅ……確かに……」

親友に戻ったチェルシーに叱咤されてしまう。

遠慮のない厳しい言葉だけれど、いきなり来た城で近くに信頼できる知り合いがいるのは心強い。

「今からでも交換する？　わたしは構わないわよ。使用人になってちょっとは夢みたもの、貴族のお手つきになって、優雅な城暮らし。おじさんはかんべんだけど、オスカーさまはまだお若いし、ちょっと見た目が恐いのを除けば問題なし」

彼女の言い方にくすりと笑う。

チェルシーは昔からおしゃべりなのを思い出した。その点は今も変わっていないらしい。一緒にいると退屈しない。

「交換なんてしない、そもそもオスカーに失礼だし」

マリベルはチェルシーの提案をきっぱりと否定した。

きっとチェルシーはオスカーが療養する少し前に村を出たので、その辺りのことを知らないのだろう。

マリベルが妻になるのも、何か間違いが起こってお手つきになった、ぐらいに思っているのかもしれない。

「ふーん、相思相愛なんだ。いいなぁ」

「そ、そんなんじゃ……なくはない……けど……」

真っ赤になり、しどろもどろになってしまう。

どうやら、チェルシーにからかわれていたらしい。

この様子だと、オスカーの馴れ初めを彼女は知っていて、この話し好きのメイドからすでに城中に広まっているのかもしれない。

「じゃあ頑張らないとね、オスカーさまのためにも」

上手くまるめこまれてしまった。侍女としてもなかなかのやり手のようだった。

「なるべく手伝うし、困ったことがあったら遠慮なく頼って」

「うん、がんばる」

気合を入れて、城に来て二日目から休む暇もない予定をこなしていく。夜になると、やはり疲れ切っていてすぐに眠ってしまう、そんな日々が結婚式前日まで続いた。


当日は雲一つない日だった。

「あとは式の開始をお待ちください、マリベル様……いえ、今日からは奥様ですね」

マリベルの支度を終えたメイド長グレイスがそう告げると、全員に頭を下げて「奥様」と声を揃えて言われてしまった。

改めて今日からオスカーの妻になることを実感させられる。

「い、いえ……こちらこそ今までありがとうございました。そして、今日からもどうかよろしくお願いします、みなさん」

慌てて感謝の気持ちを返すと、グレイスが無言で微笑んで控え室から出て行く。この時ばかりはチェルシーも含めていなくなり、一人になった。

きっと心を落ち着かせられるようにとの配慮なのだろう。

本当に使用人たちには感謝しかない。優秀な彼女たちの協力が得られなければ、式までたどりつけなかった。

「…………」

化粧台の椅子に座っていたマリベルは立ち上がる。

グレイスたちの手で綺麗にしてもらった自分を姿見で観察したい気がするけれど、それはやめておく。

これはオスカーのための姿であり、彼に後で見てもらえればそれだけでいい。

代わりにマリベルは窓際に移動した。

正面側の窓からは、次々と参列者が城へと入ってくるのが見える。少し離れたところには、馬車がずらりと並んでいた。

オスカーは領主になったばかりとはいえ、その式には近隣の領主や国からの賓客がたくさん参列することになっている。

また、オスカーの関係者として騎士団の大半が、マリベル側からは村の住人の大半が、来てくれることになっていた。

城下の有力者もいれると、数百人規模の結婚式になる。

正直なところ、身内だけの小規模なものを希望したかったのだけれど、これもオスカーと結婚するために必要なことだと言い聞かせた。

「俺だ。入っていいか？」

「どうぞ」

窓の外をぼんやり見つめていると、突然扉のほうから声がする。

それはオスカーに違いなく、マリベルは慌てて返事をした。

「マリベル……」

オスカーは自分の姿を見るなり、名前を呟いて止まってしまった。

――変だって思われていないといいけど。

マリベルは、純白のウェディングドレスに身を包んでいた。

見事なシルクのドレスは、ウエストラインから真珠が縫い付けてあり、キラキラと輝いている。

胸元には大小のレースの花があしらわれ、袖口や裾には、レースが幾重にもなっている。

髪は梳き下ろされていて、その上にかけられた透けるベールは、花冠で留められていた。

そこから、甘くて優しい匂いがした。

「……その……どうでしょうか？」

「っ！　う、美しい。その……見惚れていた」

正直な感想にぽっと顔が赤くなる。

「オスカーも……とても素敵です」

彼は通常の男性の婚礼衣装ではなく、銀の鎧を身に纏っていた。オスカーの根本は皆を守る騎士であるという思いが強く、儀礼用であっても騎士の姿を希望したのだ。

肌を覆う黒い綿入りの服を着ているので、白銀の鎧が浮き上がって見えている。腰には、細かな装飾が施された意匠の青い鞘に収まっている細剣を帯びていた。

式用の外套は、純白に金糸で美しい模様が描かれている。

さすがに兜はつけておらず、彼の強さを示すような赤茶色の髪や鳶色の瞳はしっかり見えていた。

まさしく英雄のような神々しくも強い姿で、絵画にして飾っておきたいぐらいだ。

「やっとここまで来た。お前を妻にできる」

「……はい。今日からあなたが夫です」

彼の言葉に、感慨深げに頷いた。

時間としては短かったけれど、とても長い時間に思えた。その原因の一つは、城に来てから二人で会う時間がほとんどなかったことだ。

昼間は式関連の打ち合わせやレッスンばかりだったし、夜は疲れてすぐに眠ってしまう。夕食や参列者のすり合わせなどでは顔を合わせることがあったけれど、二人だけの時間とはいえない。

「オスカー？」

寂しかったのはオスカーも同じだったのか、近くまで来るとそっと抱きしめられた。それはとても優しい抱擁で、胸がきゅっと締め付けられてしまう。

「さあ、そろそろ時間だ。行こう」

しばらく抱き合っていたけれど、おもむろにオスカーが促す。

マリベルはなんとか愛しさを抑えると、身体を離し、今度は手を繋いで控え室を出た。


二人の結婚式は、城の前庭で行うことになっていた。

森と生きてきたマリベルとしては、少しでも自然の中で式を挙げたかったからで、オスカーも反対しなかった。

城の外装と庭は使用人たちによって綺麗に装飾され、新しくできたウォルド家と騎士団の紋章の旗が掲げられている。

会場では村から届けられた花々が、華やかさと心地よさを演出してくれた。

そして、城から続く、簡易的に作られた式を行う壇上までの道に沿って、オスカーの同僚である騎士たちが並んでいる。

「団長に敬意を」

一人の合図の言葉に、一斉に騎士全員が剣を掲げる。

太陽の光が刀身に反射してできた眩い光の道を、マリベルとオスカーはゆっくり進んでいく。

参列者たちもその光景に言葉を失っていた。

「オスカー・ウォルド、汝はマリベルを妻とし、愛すると誓うか？」

壇上まで来ると、待ち構えていた司祭が問う。

「誓うまでもなく、すでに愛している」

「……な、ならばいいでしょう」

普通と違う答えに司祭は一瞬、戸惑うも式を進める。

参列者からは笑いがもれた。それは嫌な雰囲気にならず、緊張していた村人や騎士の表情を和らげてくれる。

「ではレンツ村の薬師マリベル、そなたもオスカーを夫とし、愛すると誓うか？」

「誓います、司祭様。オスカーを愛すると」

マリベルは予定していた通りに答える。

司祭がほっとしたのがわかった。

「よろしい……花嫁のほうは大丈夫のようですね」

後半の司祭の呟きに、また会場が和む。

「神の下、二人が夫婦となったことをここに宣言します。互いを愛おしむ心が永遠たることを祈り、神の祝福を」

一斉に参列者から拍手と歓声が沸き起こる。

「静粛に、最後に夫婦は誓いの口づけを」

頷くと、二人が向き合う。オスカーはマリベルの高さに合わせて膝を折ってくれた。

いつになく、顔が近づいて、恥ずかしくなってくる。

「マリベル、幸せにする」

「幸せになります」

オスカーの呟きにマリベルも返す。

そして目を瞑るとすぐに、唇に熱を感じた。皆の前なので触れるだけなのに、久々のことで、心が嬉しさに震えてしまう。

二人が口づけをする間、一瞬の静寂の後、またも参列者から拍手と歓声が沸き起こる。

こうして二人は正式に夫婦となった。


式の後で開かれた城の大広間での宴の後――。

マリベルは自分の寝室で、そわそわとしていた。

侍女のチェルシーは、着替えが済んだら、さっさと行ってしまったし。

少し……心細い。

「このネグリジェ、変じゃないかな?」

ベッドの近くに立ち尽くして、チェルシーが完璧と言った花嫁下着を見下ろすと、ネグリジェにしてはレースやリボンが多い気がする。

しかも、胸元のリボンは何本も結ぶ作りで、頼りないほどに繊細であった。

――どこかに引っかけたら、一瞬で破れてしまいそう。

ネグリジェの色は純白で、一部のレースだけ淡い水色をしている。

すべすべした肌触りで、心地よくて綺麗なのに……落ち着かない。

原因は、布の薄さにある。

部屋は燭台の明かりがいくつか点いているだけで、落ち着く明るさだ。

それなのに、このネグリジェは胸の膨らみが透けてしまっている。

一つ燭台を消したほうがいいのだろうか？

衣装については、メイド長のグレイスが確認済みであるから、おかしな点はないに違いなかった。

白さも飾りも、ウェディングドレスと一部が似ていて、ネグリジェの下に穿いた絹の靴下は、芸術的なガーターリングで留まっている。

髪は梳かされてすべて下ろされていた。

これから、オスカーが妻となったマリベルの部屋にやってくるのだ。

平たく言えば、結婚式後の初夜である。夫婦となる夜。

何をするのかはおおよそ知っていたけれど、わからないこともいくつかあった。

それはきっと、オスカーが知っているだろう。たぶん……。

彼もまた、初めてだと聞いているけれど、夫婦が乗り越えることなのだからきっと大丈夫。たぶん……。

「……」

マリベルは、天蓋付きのベッドをちらりと見た。

ベッドも今夜は豪華になっている。

四柱の上には、銀糸が編み込まれた濃赤の布、そこから薄い桃色のシフォンが、ふわふわと垂れ下がっていた。

領主の妻であるのならば、部屋の模様替えを使用人がするのは当たり前であっても、完璧な段取りをされるのは、なんだか気恥ずかしい。

座ったり、横になったりして待つことはできず、マリベルはさっきからベッドの周りを歩き回っているのだ。

コンコン――――。

その時ノックの音がして、マリベルは、びくんと姿勢を正した。

「オスカーだ、入ってもいいか?」

「は、はいっ」

返事をすると、扉の開く音がして、オスカーが入ってくる。

彼もまた、藍色の夜着に身を包んでいて、ガウンの形に合わさった胸元から、逞しい鎖骨が覗いていた。

どうやら、夜の姿をしているのは、マリベルだけではないみたいだ。

「待たせたな……っ……!」

オスカーが、扉を後ろ手で閉めたまま、部屋の入り口で立ち尽くしている。

息を呑んだ顔、目は軽く見開かれていた。

ごくりと、微かに彼の喉が鳴った気がする。

――えっ？　へ、変……かな、やっぱり。

恥ずかしくなって、自分を抱きしめるように手で身体を覆う。

「か、隠さないでくれ、魅了されただけだ」

「えっ、ええっ……は、はい」

――魅了って！

大真面目に照れることを言ってのけたオスカーが、ゆっくりとマリベルへ向かって歩いてくる。

まるで、崇めるみたいに目を細めながらの様子が、妙にくすぐったい。

「嫌がることはしない。抱きしめてもいいか？」

マリベルと向かい合う位置まで来ると、オスカーが問いかけてきた。

夜着の上からでもわかる筋肉質な胸筋部分が、緊張で少し上下している。

「はい……」

見上げる高さから、すっぽりと逞しい腕に包まれると、恥ずかしいのに落ち着いた。

「あったかいです」

「俺もだ」

薄着のせいもあるのか、彼の身体に触れ合わせている部分が気持ちいい。

「ん……っ」

つい、すりすりと頬を埋めると、オスカーがマリベルの肩を持って離した。

「ま、待て、自制心が持たない」

「わっ、ごめんなさい」

顔がカッと熱くなり、オスカーを意識してしまう。

彼もまた、マリベルと同じように、緊張したり恥ずかしくなっていたりするのだと思うと、安心した。

沈黙となり、次に顔を上げるとオスカーと視線が合う。

真摯な鳶色の眼差しは、燭台の光で赤みを帯びている。

彼の手に力がこもった気がして、マリベルは顔を近づけた。どちらからともなく目を閉じると、唇を触れ合わせていく。

「んっ……」

微かに息が零れ、オスカーの熱っぽい唇に覆われた。

結婚式とは違う、沸き立つような熱さの長いキス。

だんだんと頭がくらくらしてきて、唇を触れ合わせる感覚だけになっていく。

「ん……ぅ……ふ……」

熱が消えるのが切なくて、唇を離せない。

互いに零れる吐息がくすぐったくて、愛しくて。

オスカーが顔の角度を変えたと思ったら、さらに深く口づけられた。

ぴったりと合わさった唇が、まるで世界に二人だけしかいないみたいな心地にさせる。

彼が軽く吸い始めると、マリベルも反射的にそうした。

――――こんな……キス……。

頭の中が蕩けてしまいそうだ。これまで触れ合わせていたものとは全然違う口づけ。

「マリベル……んっ……」

切なげにオスカーが息継ぎで名を呼び、続いてぬらりとした熱が唇を撫でる。

彼の舌が、遠慮がちに……しかし、甘美な意志を持ってマリベルの唇を愛撫するように舐めていく。

「ひゃっ……あ……んぅ……んっ……」

熱くて、気持ちいい。彼がマリベルを求めているのがわかり、淫らな気持ちになってしまう。

舌が触れた口内が、ざわざわと甘い刺激を受けていくみたいだ。
気づけばマリベルもまた、彼の舌に自分の舌をぴたりと合わせていた。
それから、ぬらりと動いて、搦め合う。
「う、ぁ……んぅ……ふぅ……」
軽く吸われるとびりびりとして、マリベルも無我夢中でやり返した。
いつの間にか背伸びしていた足が、ぴりりと痛む。
それに気づいてか、偶然か、オスカーがマリベルを横抱きに持ち上げた。
離れた唇からは、切ない吐息しか出てこない。
――ああ、今夜は。
朦朧とした頭で、初夜だと思い出す。
けれど、もう、オスカーに安心し陶酔しきって身を委ねてしまうしかなかった。
だって彼は自分を傷つけたり、嫌なことをしたりなんてしないから。
今だって、ベッドへ運ばれる数歩の時間が、ふわふわと甘いものになっている。
トサッと背中で音がして、マリベルはベッドに置かれたのがわかった。
焦がれるようにオスカーが覆いかぶさってくる。
横になれば目線を同じにできて、その分、下に飛び出た彼の屈強な身体が愛しい。

ベッドに突いている腕も、鍛えた脚も、マリベルを包み隠してくれるみたいな逞しい四肢である。

マリベルを腕の中で縫い留めるようにして、オスカーが片方の手を上げて、ネグリジェの胸元のリボンを解いていく。

その手が、儚げなリボンを慎重に引くのを見て、マリベルの胸の中に温かいものが広がった。

——オスカーに大切に……されている。

パラリとリボンがほどけると、胸が露わになってしまう。

恥ずかしくなる前に、オスカーがその双丘へ顔を埋めて、口づけた。

「ああ、綺麗だ……マリベル」

「んっ……オスカー……」

触れていただけの唇は、やがて尖端にある赤い蕾を見つけて、悪戯っぽくちゅっと音を立てたキスが落ちてくる。

「あんっ……んっ……」

唇に吸う力が入っていて、背筋がビクンと跳ねた。

さっきの長いキスだけで、マリベルの身体は、火照ってしまっていたのに、もっと蕩けてしまう。

「ここも、ここも、可愛らしい」

オスカーが一つずつ確認するように、胸から首筋、鎖骨、臍へと、順番に口づけと吐息を落とした。

「あっ……ふぁ……っ、オス……カー」

くすぐったさは消え、どこに触れられても快楽でぴくんと身体が揺れて……。

羞恥が恍惚へと変わり、彼の唇を待ってしまう身体が淫靡にうずいた。

それがわかっているのか、オスカーは触れさせるものを増やして、大きな手でガーターリングをずらし、マリベルの絹の靴下をなぞりながら下ろしていく。

ぞわぞわする甘い感覚がマリベルを戦慄かせた。

やがて、いつの間にか夜着をはだけたオスカーが、ベッドの上で覆いかぶさって抱きついてくる。

吸い付く肌と肌の刺激に、うっとりとなって、マリベルは彼の広い背中に手を回した。

――オスカー。

ぎゅっと抱くと、ぎゅぎゅっと返されて、温かさと幸福感が込み上げてくる。

じゃれ合うようにそうしていると、何か熱くて硬いものがマリベルにごつりと触れた。

「……！」

マリベルが身じろぎしたのに気づいたオスカーが、ゆっくりと身体を離す。

そして、やや困った顔で、じっと見つめてくる。

「これをマリベルへ挿れるのだが……」

「っ……そ、そうでした……」

彼が興奮しているせいなのか、オスカーのだからか、とても大きい。比べたことはないけれどなんとなく……。

けれど、触れ合うたびに蕩けていた身体なら、どうにかなりそうな挑戦的な気持ちも起こる。

同時に、求めるみたいな切ない気持ちも――。

オスカーと、もっと近くで繋がりたい。

「あ……の、ど、どう……ぞ……」

聞き取れないほどの小さな声で囁いたのに、オスカーが頷いた。

「痛かったら、言ってくれ」

そして、マリベルの足を持って、その間へと身体を割り込ませてくる。

恥ずかしい恰好なのに、彼の雄々しくなった先が腿に触れると、ぞくぞくした気持ちになった。

「あっ……熱いのですね……んっ」

「マリベルも、とても熱い。それが愛しい」

熱杭となった肉茎が、ツンとマリベルの秘所へ触れる。

自分の身体じゃないみたいに、軽くノックされただけの柔襞から、とろりと蜜が零れた。

「っ……あっ……んぅ……」

「恥ずかしがらなくていい、俺も濡れている」

そう言われても、たまらなく恥ずかしくて、身をよじってしまう。

逃すまいと、オスカーの肉杭がぐっと当てられる。

くちゅりと淫靡な水音がして、彼が挿ってきた感覚に、マリベルは目を見開いた。

「んんぅ……！　あっ……ああっ……」

触れさせただけみたいなのに、ごりっとして秘所の入り口はいっぱいになっていく。

無理だと感じても、とろとろと滴る愛液が、彼を誘うように溢れてくる。

だから、受け入れることができる気がした。

マリベルはぎゅっと目を瞑って、身構えて、堪える。

「……っ、オスカー」

「っ……マリベル……力を抜いてくれ」

オスカーの切ない声が降ってきて、力を入れていると彼が苦しいのだとわかった。

「は、い……っ……あっ……」

マリベルは頑張って身体の力を抜く。

どうすればいいか、わからなかったのは一瞬で、オスカーの感覚に身を任せて蕩けていればいいのだと気づいてからは早かった。

その隙を突くタイミングで、オスカーが挿ってくる。

「あああっ……んぅ……あっ、オスカー……ああっ！」

気絶しそうな快楽に押し広げられるように、甘い痺れが秘所から起こった。

ずぶずぶと熱杭に突かれて、呼吸が苦しくなる。

「っ……ふぁ……あっ、ああっ……」

同時に身体の芯でオスカーを感じて、彼と繋がっているのがわかり、嬉しくて切なくなる。

「オスカー……っ、あっ……っう……」

「……マリベル」

喘ぎながらもマリベルは深く彼を受け入れた。

ぎちぎちとして、苦しいのに、切ない気持ちになる。

彼と身体を一つに重ねられたことが、全身でわかったから……。

「っ……あっ……あぁ……私、ちゃんと……できましたか……？」

喘ぐみたいな吐息まじりの声にしかならなかったけれど、マリベルは尋ねた。

「――ああ……マリベルの中が温かい……っ」

感極まった様子で、オスカーが囁く。

その感動した声音が、繋がっているせいかマリベルの身体を伝って聞こえてきた気がした。

「あんっ……へ、変なこと言っては、ダメ……です」

オスカーが話したり息を吐いたりすると、中で彼が微かに動いてビクンと刺激がきてしまう。

恥ずかしさを隠すように、マリベルはオスカーの背中に手をぎゅっと回した。

そうすると、全部がぴったりとくっついているみたいで、とても気持ちよくなる。

――肌が熱い……でも、触れていたい。

彼も同じらしくて、マリベルをぎゅぎゅっと抱きしめてきた。

たぶん、倍ほどの少し苦しいくらいの力で。

——でも、それが嬉しい。

「っ……あぁ……」

完全にオスカーの腕の中にすっぽりと身体が収まり、世界で二人きりの心地だ。

「マリベル、もう離さない……」

「私だって……」

愛を確かめ合うように自然と口から言葉が出ていた。

オスカーが、少し身体を前のめりにして、いっぱいだった秘所が、熱杭によりぐいっと押し広げられる。

「あっ……んぅ……」

反射的に嬌声を零すと、その唇を熱い唇で覆われた。

「んっ……マリベル」

「あっ……む、んんぅ……あっ……!」

秘所も、身体も、唇もぴったりと重なると、頭の芯がクラクラとして、喜びが胸の中に広がっていく。

——ああ、オスカーと全部……合わせている……。

キスが長くなり、夢中になって貪るように互いに吸う。

そうしながら、オスカーがゆっくりと上下に抽送を始める。

「ん……んぅ！　あむ……っ、ふぁ……あっ、ああぁっ……！」

唇は蕩けそうなのに、秘部からは抗えない激しい波が身体へ押し寄せてきてしまう。

――なっ……なに、これ……気持ちよすぎて……へん……に、ああっ！

「んっ……マリベル、すまない……っ、腰が止まら……ない……っく」

切なげなオスカーの声に、マリベルは首を横に振って答えた。

嫌ではない、苦しいのに、気持ちよくて恥ずかしいのだ。

「んんっ……あっ、ダメ……じゃない……です、オスカーの……好きに……して……あっ、あぁ……んっ！」

思い返すと羞恥となるだろう言葉を、マリベルは小さく叫んでいた。

それが、オスカーの欲望に火をつけたのがわかり、彼が動きを速くする。

「……っ、可愛いことを……マリベル……っ」

いつの間にか、蜜壺から聞こえる水音が、ぐちゅっぐちゅっと、淫猥な音へと変わっていく。

けれど、それすらも、互いの欲情を掻き立ててしまうみたいな気持ちになる。

――いっぱい……なのに、ああっ……動いたら……んぅ……気持ちい……あっ……

ああっ、んぅ……！

マリベルは気づけば、もっと近くにと片足をオスカーの背中にかけてしまっていた。

彼もまた、マリベルの腰からお尻を、がっちりと逞しい腕で摑んでいる。

肉棒を半分ほど引き、ズブリと媚肉を割り柔襞へと擦り付ける動きが、切なさから快感へと変わっていく。

「ああっ……オスカー……私……あっ、なにか……あの……あああっ、ふぁぁあっ！」

「……っ！　俺も、だ……」

マリベルが足をぴんと伸ばし、ビクビクと身体を反らせたのと同時に、オスカーが呻く。

その時、膣奥で灼熱となっていた肉茎がドクンと脈打ち、一回り大きくなって、マリベルを抉った。

「あああっ……んぅ……あっ……ああっ……」

新たな刺激で、さらなる悦楽へとマリベルは身を委ねた。

オスカーが荒い息のままで、愛しげに抱き寄せてくる。

「……ああ、マリベル……俺の妻……」

「はい……オスカー」

——そうか、私……初夜を終えて……これで。

甘い夢うつつの中で、マリベルはオスカーとゆるぎなき夫婦となった。

【第四章】新婚貴族は町の視察へ行く

結局のところ、結婚式を終えてもマリベルがゆっくりする日は訪れなかった。

昼間の大半は貴族のマナーや女主人としての知識をメイド長のグレイスから叩き込まれ、その合間を縫って週に二回程度、レンツ村に通って病人や怪我人を診る。

薬師の仕事は落ち着くまで休んで良いと、オスカーと村長のアルロから言われていたけれど、患者のことを思うとそうはいかない。

ただ、城の中については思いの外上手く回っていた。

それは使用人のまとめ役である執事やメイド長が優れた人だったことに加えて、マリベルにはチェルシーの存在が大きい。

侍女である彼女は、持ち前の愛嬌とおしゃべりな性格でマリベルと使用人との間に入ってくれて、おそらく反発や軋轢が少なくなっている。

そして、式から二週間が過ぎてやっと新しい生活に慣れてきた頃、朝食の席でオスカーから思わぬ提案をされた。

「視察へ、私も一緒にですか？」

聞き返したマリベルに、オスカーが頷く。

「近場の視察はおおむね終えたが、遠方が残っているんだ」

残っているという言葉からすると、律儀にも彼は領地をすべて回るつもりらしい。

マリベルが新しい生活に四苦八苦している時、オスカーもまた領主として毎日のように領地を見回っていた。

普通の領主はそんなことはしない。せいぜい大きな街と近くの村々を回って自分が新しい主だと見せつけるぐらいだ。

実際、レンツ村に領主がやってきたのはオスカーが初めてだった。

「だから今回は日帰りというわけにいかない。数日、泊まりになる」

つまり城に戻って来られないから、一緒にいかないか、ということらしい。

——楽しんでもいいのかな？

色々な土地を二人で見て回るのは、旅気分が味わえるかもしれない。

日常が忙しすぎて、オスカーと二人きりで過ごす時間がやはり少ないままだったので、良い機会だった。

その辺りをオスカー自身も気にしていたのだろう。

変わらず彼の細かな優しさがくすぐったい。

「一緒に行きます！　レンツ村には言っておくので」

「なら明後日に出発、まとめて回る予定だから一週間ほどになる」

オスカーに問題ないと頷く。

レンツ村には、マリベルが行けない深夜などに急病人が出た場合に備えて、元の家にメモ書きと共に薬を常備しておくことにしていた。

お腹が痛い、熱がある、傷を作ったなど、症状に応じて、指示された薬を、指示された通りに処方すればいい。

ずっと不在にするわけにはいかないけれど、置き薬についてはケイトリンにお願いしてあるので、一週間ぐらいは問題ないはずだ。

「報告では問題を抱えている土地もあるようだし、正直お前が来てくれると助かる。騎士の俺よりも村にいたお前のほうが気づけることが多いかもしれないからな」

お世辞かもしれないけれど、彼から頼りにされているようで嬉しい。

「すぐに準備を始めますね」

「頼む」

朝食をとり終えると、上機嫌でチェルシーと一週間分の旅の準備を始める。

結局、その日のうちに支度を終え、予定よりも一日早く出発することにした。


馬車の窓から夕暮れに照らされた町並が見えてきた。

夕飯の支度の煙が各家から上る様子は、多くの人が生活しているのがわかって、見ているだけでなんとなく元気になる。

「ここが最後の町ですね」

「あぁ、ピッツェという町だ」

すでに二人はウォルド領の外側に沿って移動と宿泊を繰り返し、六つの町を旅してきた。

海辺の町では初めての海の雄大さに驚き、山の麓の町では珍しい料理に舌鼓を打ち、工芸の盛んな町では職人の手から生み出される品を間近で見学することができた。

ここまでは、共同施設の補助金を出してほしいとか、橋や道を整備してほしいといった、確認をして正確に手配をすれば済む程度の問題ばかりで、特に困ったことはない。

逆に毎日、日頃の忙しさを忘れ、二人でゆっくりと過ごすことができて、視察なのに申し訳なくなるほどだ。

「ここは今までとは違う問題を抱えているらしい」

オスカーが、事前に執事がまとめた報告書に視線を落とす。

今までと違い、ピッツェの町ではゆっくりしているわけにはいかないかもしれないとマリベルは気合を入れた。

「着いたら少し見回って休むとしよう。町長に話を聞くのは翌日だ」

「わかりました」

すでに日が落ちかけているので、今日は町の様子を見ることぐらいしかできなそうだ。

「…………」

町へ近づくにつれ景色が変化し、道の左右には黄金の穂がずらりと並んでいて、夕暮れ時もあって、美しい。思わずマリベルはその光景に声を失った。

「小麦でしょうか？」

「そのようだが……これが問題の一因らしい」

「これが？　小麦がですか？」

不作とはとても思えない。

何が一体、問題だというのだろう。

「マリベルにはなるべく情報や先入観を持たずにいてほしい。時にそれで見えてくることがある」

「わかりました。問題は町長の話で確認しますね」

マリベルはすぐに納得した。

事前に色々知っていると、本当の問題が見えづらいこともある。

昔、症状の知識ばかりに頼っていて、患者を診ることをおろそかにして母に怒られたことがあった。

知識があるばかりにこうあるべきだと、決めつけてしまうことがある。

まずは原因をしっかりと見極めることが重要だ。

マリベルとオスカーは村につくと、馬車を降りて自分の足で町を見回り始めた。


夕食時の町は、どこもせわしない。

店を閉める準備をしている者、閉まる間際に駆け込む客、急いで家に帰る者たち、通りは活気に溢れている。

マリベルは、今日は貴族夫人らしいドレスに身を包んでいたので、好奇心のままに動き回ることができなかった。

――物理的にも、体面的にも。

コルセットを着けた上に纏っているドレスは、桃色に水色のラインがある可愛らしい仕立てだった。

日よけのつばが広い帽子は薄い桃色で、白のシフォンのリボンを首の下で結んで留めている。

帽子の中の髪は小さな三つ編みを含んだハーフアップにされていた。

オスカーもまた、いつもより貴族らしい姿をしていた。

上着は金の刺繍の入った濃緑で、中に見えるのは緑色のベスト。

シャツの首元には水色のクラヴァットが美しくて、惚れ惚れしてしまう。

オスカーのエスコートでマリベルは、町を歩く。

立派な石造りの大通りは商人の馬車が度々通り、外灯が照らされていて明るい。

ウォルド城下に匹敵するほどの町の規模に見えた。

活気という意味ではそれ以上かもしれない。

「ピッツェは小麦の一大産地であり、領内だけでなく、隣の領地とも商売が盛んな場所だ。

俺も実際に見るまでこれほどとは思わなかったが」

町造りといい、商人の通る数といい、賑わっている。領主に助けを求める問題を抱えているようには思えない。

「……?」

ただ、マリベルはそんな町並にも少し違和感を覚えた。

皆仕事を終えて帰るはずなのに、どこかその顔は元気がない。忙しすぎて疲れているのだろうか。

はっきりしたことがわからないので、オスカーには何も言わない。

「そういえば……大通りが明るいせいか、路地はやけに暗いんですね」

通りに沿って家がきっちり建てられているので、大通りから延びる脇道は狭い。外灯もないので真っ暗だった。

「近づくな、どんな危険があるかわからない」

「えっ⁉」

のぞき込もうとしたマリベルをオスカーが引き戻す。彼はおおげさにマリベルをマントの中に隠した。

「村育ちだと知らないかもしれないが、こういった場所には――」

「オスカー、あそこに人が……人が倒れていませんか⁉」

路地に入ってすぐのところで、うずくまっている人を見つけて、マリベルは声を上げた。

「マリベルはここで……いや、一緒に確認しにいくぞ」

一人で待たせたほうが危険だと思ったのだろう。オスカーと一緒に周囲を警戒し、倒れている人のところへ向かう。

「大丈夫ですか？　どこか痛いのですか？」

緊張しながら声をかける。オスカーよりもマリベルのほうが警戒されにくいだろう。

「突然、胸が苦しくなって……馬車を避けて……ここに……」

うずくまっていたのは若い女性だった。

胸を押さえて、とても辛そうだ。突発的な動悸なのかもしれない。

詳しいことは後で症状を詳しく聞かないとわからないけれど、ひとまず楽にさせてあげたい。

「これを飲んでみてください」

マリベルは、彼女を仰向けにして頭を腿に乗せると、いつも持ち歩いている薬の中から、強心作用のあるものを取り出した。

これは赤い植物の根を乾燥させて煎じたものだ。

水筒と一緒に手渡し飲ませた後、しばらく彼女の胸をさすって様子を見る。

「少し……楽に……なってきました」

彼女の言葉通り、速かった鼓動が少し落ち着いてきたのがわかる。胸の上下も穏やかになっている。

薬だけでなく、体勢を変えたことや介抱されて落ち着けたこともあるのだろう。

「ありがとうございます、もう大丈夫です」

「無理しては駄目ですよ。馬車を呼ぶので家まで送ります」

オスカーの顔を見て確認すると、彼も頷いてくれた。すぐに大通りを通る辻馬車に声をかけてくれる。

断ろうとする彼女を強引に馬車へと乗せた。


驚くことに、辿り着いたのは普通の家ではなく、町一番の立派な宿屋だった。

「娘が大変お世話になりました」

着いて番頭に事情を話すなり、青ざめた店主が飛んできて、オスカーとマリベルに何度も頭を上げる。

「いえ、当然のことをしたまでです。貧血のようでしたので、お父さんからもきちんと食事をとるように言ってください」

「はい、きつく言っておきます……あのまま路地で誰にも気づかれなかったらと思うとぞっとします。お二人は娘の恩人です。ぜひ今夜はここへ泊まっていってください」

泊まる場所は事前に町長が用意してくれているはずで、簡単には変えられない。

「オスカー、どうしますか？」

「厚意に甘えよう。町長には俺たちが来たことをまだ知らせていない」

どうやらすでにマリベルたちの宿泊場所を用意されていて、それが無駄になるということはなさそうだ。

「では、お世話になります」

「最大級のおもてなしをさせて頂きます」

普通で充分だと言っても聞かなそうだ。

店主は張り切って店員たちに指示を出す。

しばらくして、元気になった先ほどの店主の娘が来て、何度もお礼を言われた後で、マリベルたちは部屋へと案内された。


最大級のおもてなしと言っていたのは間違いではなかった。

案内されたのは、城の部屋並に広さと天井の高さがある場所で、大きなテーブルのある部屋の他に、浴室と、寝室が続き部屋になっている。

天井には大きなシャンデリア、床にはふかふかの赤い絨毯、壁には調度品が並び、家具も見事な細工がされた一級品ばかりだ。

とても宿とは思えない。

これだけの贅沢をしても問題ない客が多く訪れるということでもある。

「大商人や貴族の方だけが泊まれる部屋なんです。ごゆっくりなさってください」

部屋に着くなり、案内してくれた女性の他に次々人が来て、明らかに食べきれない料理が広いテーブルに所狭しと並べられた。

後はお二人でとばかりに、店員たちは素早く部屋を出て行く。

小麦の産地というだけあって、美味しそうな様々な種類のパンが並んでいた。

交易が盛んなので、食材、香辛料、果物の鮮度がよく、種類も豊富のようだ。

「なんだか、豪華すぎて、慣れないですね……」

店員が去って、静まり返った部屋で思わず呟く。

本当ならば、この領地の領主とその妻で、この部屋に気後れするはずがないのだけれど、二人とも普段の生活は質素なままなので落ち着かない。

「俺も同じだが……せっかくだ、なるべく楽しむのがいいだろう」

「そう、ですね」

オスカーがテーブルに置かれたグラスにワインを注ぐ。

少しお酒を飲んだら、落ち着かない気持ちも和らいで、後は宿の料理に舌鼓を打った。


夫婦だから、同室は当たり前だけれど――。

交互に入浴して、その後にマリベルは肌着だけ替えた視察用のドレスに、再び身を包んでいた。コルセットはしていない……。

宿からの侍女は断り、一人でも、なんとか着直すことができた。

ネグリジェは宿に用意されていたし、荷物にもあったけれど、夜だからと言って、そんな布の少ない姿で待つというのがどうにも慣れない。

城では、自分のペースができあがりつつあったが、外では加減がわからなくて。

――まるで、待っているみたいだし。

初夜から、忙しいのも手伝って、夜の営みはなかった。

最初は何か失敗してしまったのかと不安だったけれど、オスカーからキスや抱きしめられるなどのスキンシップは増えたので、マリベルの身体を慮《おもんぱか》ってのことだろう。

その時、オスカーがタオルを手に、ガウン一枚で浴室から出てきた。

髪は濡れていて赤茶色が濃くなり、短い毛先に滴《しずく》がついているのが新鮮である。

オスカーがマリベルの姿を見て、一瞬きょとんとしてから、済まなそうに脱いであったシャツや上着を引き寄せていく。

「あっ、違います……まだ、寝る直前じゃないから……何を着ようか迷ってしまって」

寛ぐ彼が自然なのだと、マリベルはオスカーの手からシャツと上着を奪った。

意識しすぎて変なのは自分だけなのだ。

「そんな慎み深いお前が、可愛らしいと思う」

マリベルが彼の服を長椅子に置くと、代わりにオスカーに手を取られた。

途端にドキンと胸が高鳴った。

湿気を含んだ彼の熱い身体からは、色香も発せられているみたいである。

「そのドレスは似合っている。今日何度目で追いかけたか」

オスカーが確かめるように、目を細めて見つめてきた。

それだけで、部屋の中が突然甘い雰囲気になっていく。

彼はきっと無自覚なのだろう、外泊の夜、正直に褒めてくれることが、どんな効果をもたらすか。

「…………」

言葉を口にしたら、変になりそうで、マリベルは口を噤んだ。

「ひらひらした蝶のようなマリベルを、捕まえて抱きしめたいと、何回思ったか」

オスカーがそう続けて、腰にキュッと手を回して抱き寄せてくる。

「きゃっ……あの、今は領地見回りのお仕事中ですよね……？」

「夜は夫婦の時間だ。当たり前に同室を用意されるぐらい、自然なことだろう」

ちゅっと音を立てて、マリベルの額にオスカーのキスが落ちてきた。

「今夜、抱いてもいいか？」

オスカーのストレートな物言いに、心臓がバクンと跳ねる。

「…………はい」

隣にある彼の体全部を、意識してしまってたまらない。

――積極的なオスカー、ずるい……。

恥ずかしくて俯くと、彼の手がマリベルの背中部分の包《くる》みボタンを見つけたようで、遠慮がちに触れた後で、簡単に外してしまう。

一人で留める時は苦労したのに一瞬であった。

するすると一つ、二つとボタンが外されていく。

オスカーの手元は見えなかったけれど、あんな小さなボタンを軽々と扱う彼を想像すると、ドキドキした。

きっと武器の手入れをする時みたいに、真面目な顔をしているに違いない。

そう思うと、口元がつい、ふふっと緩んだ。

「何かおかしいか……んっ……」

「きゃっ……！」

露わになった背中の下着から肌が見える部分に、ちゅっとキスが降ってくる。

「変な意味で笑ったわけでは……あっ、んぅ……」

オスカーが悪戯っぽく、ドレスを剝きかけた背中へ口づけの音と共に舌を這わせて、最後に髪をかき上げたうなじへ、長いキスをした。

「んぅ……あっ……オスカー」

熱いキスは、愛しいと何度も囁かれている心地にさせられて……。

マリベルも彼に何かをしたくて、さわさわと後ろ手でオスカーの腿へ触れていると、脱げかけのドレスごと抱き上げられた。

そのまま、ドサッとベッドへなだれ込むも、連れて行かれたのはヘッドボード部分で、そこへ背中をつく形で座る体勢となり……。

オスカーは膝を三角に曲げて座ったマリベルの、ドレスの裾部分へ潜り込み始めている。

「えっ……っ……あっ……」

彼が下着をパニエごと脱がしていく。

見られたら恥ずかしいのに、彼が自らガウンを脱いで裸になっていったので、その裸体にも目が行ってしまった。

——ちょ、ちょっと……このお部屋、明るいのでは……あっ……んぅ。

甘い雰囲気になってから、オスカーが触れるたびに、マリベルの秘所は少しずつ濡れていた。

それがバレないように足を閉じたけれど、力を入れようとしても上手くできず、期待するみたいに滴が溢れかけてしまう。

「初めての時は、ほぐさず挿れてしまったからな。今夜はマリベルに苦しい思いをさせたくない」

「んっ……っ、あ……っ！」

オスカーの指が、マリベルの秘所の柔襞へと、そっと触れた。

そして、ゆっくりと一本の指を蜜で滑らせて、入り口をさわさわと動かしていく。

「っぁ……んぅ……オスカー、そんなことをしたら……あっ、ああっ！」

羞恥と直接的な甘い痺れが起こって、蜜が垂れるのをかろうじて湛えていた秘部が、簡単に決壊してしまう。

とろりと蜜壺から溢れた愛液が、オスカーの指に絡められて、さらに揺らすみたいな愛撫となる。

「ああっ……ひゃん……ああっ、うぁ……んぅ、ああっ……」

——こんなの、知らない……ああっ！

オスカーの指は巧みで、柔襞の入り口を上下になぞって、マリベルの反応を確かめつつ敏感な場所を探り、執拗に攻め始めた。

つつっと指を這わせ、そっと押して円を描いて動かす。

——恥ずかしいのに、気持ちいい。

マリベルの腰が勝手にビクビクと跳ねて、ヘッドボードに背中を擦り付けるように悶えて声が出る。

オスカーの手は止まらず、柔らかくなった膣肉へぬらりと指を這わせつつ、一本の指先で柔襞を割り、秘部へと挿れてきた。

「ああっ……んんぅ……ふぁ……っぁ……あぁ……」

抗えない甘い戦慄きがマリベルを襲い、目の前が白くチカチカとした。

――な、に……っぁぅ……あああっ……！

身体の芯がギュッとなり、足がつま先までピンと伸びる。

そして、次の瞬間にフルフルと震えて弛緩していく。

「ふぁ………あん……っ、んぅ…………はぁ……っ、はぁ……」

悦楽の中で……彼の指で達したのだと、おぼろげにわかった。

蕩けたような蜜壺からは、もう恥じらう余裕もないほどに蜜が零れている。

恍惚となったマリベルの視界、俯いたオスカーの頭越しに下腹部がちらりと見え、そこが苦しそうに張りつめていた。

恥ずかしさは消え、マリベルは雄々しいそこへと手を伸ばす。

次はオスカーの番だと、心を込めながら。

マリベルの指先が触れ、オスカーの熱杭がビクンとさらに角度を増す。

思いが伝わったのか、彼が座ったままで身体を近づけてきた。

――ああっ……オスカーが……くる。

見てはいけないと思うのに目が離せなくて、近づいてくる肉茎と自分の秘所をマリベルは凝視してしまう。

すると、さらに淫靡な気持ちが身体を駆け巡り、甘い吐息が零れた。

くちゅっと音を立てて、灼熱の肉杭の先が、マリベルの秘部と触れ合う。

ぴたりと触れ合うと、始めからそうだったようにくちゅんと吸い付いて、ゆるぎない繋がりとなっていく。

同時に、甘い期待とぞわぞわする震えが、マリベルの内腿から這い上がってくる心地となった。

「マリベル……っ、く……」

名を呼び、微かに呻きながら、オスカーが腰を突き出す。

「ああっ……！　オスカー……っ、あっ……んぅ……ぁあ……」

ぐちゅりといやらしい音がして、快楽の杭が打ち込まれる心地となる。

ぎちぎちで苦しいのに、切なくて気持ちいい。

柔襞を割り、ごりごりと膣腔を擦っていく肉棒を感じた。

オスカーがだんだんと挿入を深めてくる。

互いの腰が動き、ぐちゅぐちゅと水音が立つ。

マリベルは翻弄されつつ、快楽に身を任せていた。

――ああ……オスカー……んぅ……はぁっ、ぁああ……。

動きの一つ一つが、マリベルの快感の絃を弾いていく。

――――っあああ……何度も……挿って……んぅ……ああっ……。

さっき、達したばかりなのに、もっと激しい甘い痺れが、マリベルをかき乱していく。

オスカーの抽送に合わせて、ぐんぐんと上りつめるそれは、あっという間に絶頂の波を起こす。

「あっ……んぅ、ダメ……オスカー……ああっ！」

懇願して伝えると、彼は肉棒をさらに打ち付けた。

マリベルの腰を持って、パンッパンッと抽送するいやらしい音が部屋に響く。

――ああああっ、もう……っ、ああ……っ！

身体がガクガクとして、気持ちいいと感じることしかできなくなって、マリベルは再び達した。

「……っ！」

それは、オスカーも同じみたいで、マリベルの膣奥でビクンと肉竿が震えて、すぐに熱いものが注ぎ込まれていくような感覚があった。

中で一回り大きく震えたオスカーの刺激に、マリベルは身体をぴくんとさせながら、甘い波の余韻を味わっていく。

「……っ、はぁ……オスカー……私……ちゃんとできましたか……はぁ……んぅ……

ふ……ふぁ……」

彼も絶頂を終えた気がして、マリベルは嬉しくなって汗が伝う頬で微笑んだ。

「……っ、ふ……ああ……」

オスカーもまた、荒い息で笑い返してくれる。

繋がったまま深いキスをして、愛を確かめるように舌を絡めていく。

全部が熱くて、温かくて、切なくて嬉しい。

「……んぅ……!?」

口づけていると、精を放ち雄々しさを失いかけていたオスカーの肉杭が、マリベルの中でビクンと動いた。

抜かないままに雄々しくなって、ぎちりと蜜壺を広げていく。

――――こ、これって……。

「……すまん、マリベル。もう一度、いいか?」

苦しげに告げるオスカーが恋しくて、マリベルは顔に熱が集まるのを感じながら、首を縦にコクコクと振った。

次の瞬間に、マリベルはくるんと半回転させられてしまう。

「きゃ……あっ、んぅううっ……ああっ……!」

ぬらりとかき混ぜられた蜜壺の刺激で視界がクラクラした。

同時に、さっきまでもたれていたヘッドボードが、視界のやや上にある。

マリベルだけがベッドに手をついてうつ伏せとなっていた。

見えない背後からは、オスカーが四つ這いの姿勢で、マリベルへと覆いかぶさっている。

抜かないままに、より深くなった獣のような荒々しい挿入が、柔襞を押し広げて秘所の中でもより敏感な場所に当たった。

「オスカー……あっ……んぅ……こんな、かっこ……んぅぅ、ああっ……！」

「マリベル……っ、ああ……」

お尻をオスカーに両手で持たれて、後ろからパンパンと突かれてしまう。

「んんぅ……ああっ、ひゃ……んっ、ああっ……ふぁ……あぅぅ……」

マリベルは激しすぎる刺激を、ひたすら喘ぎ声を上げて散らす他なかった。

逃れられない快感が、オスカーの前後の動きと共に襲ってくるから。

――激し……あっ、あああっ……ふぁっ……！

シーツを摑み、髪を振り乱して、マリベルは悦楽を少しでも逃がそうと、反射的な試みをした。

けれど、それは、オスカーの肉棒の刺激に、全部蹴散らされてしまい、強烈な快感しかわからない。

オスカーの動きに合わせて柔襞がキュッと締め付け、三度目の絶頂が起こる。

「っっあ……ああっ！　オスカー……私、もう……もうっ……ああああっ！」

身体の芯がビリビリとして、目をぎゅっと瞑ると、頭の中で、白い火花がバチバチと弾けていく。

「……っ、マリベル……っ」

ひときわ強くズンッと突かれて、最奥でオスカーが身震いした。

お尻を突き出した体勢のマリベルは、上からドクドクと注がれていく感覚に、震える。

――ああ……オスカー……が、注いでいく……ああっ……。

その感覚さえも、快楽で……マリベルは恍惚と酔いしれた。


翌日、お礼を言うと店主と店主の娘に何度も頭を下げられ、見送られながら宿を出る。

マリベルとオスカーは寄り道することなく、町の中心にある町長の家へと向かった。

「すごい家ですね」

鉄の門があり、庭は広く、窓の数からして部屋も多い三階建ての建物だ。家というより屋敷という表現のほうがしっくりと来る。

「お待ちしておりました」

今朝、町長には行くことを知らせてあったので着くなり応接室に通された。途中途中で目にした内装や調度品も素晴らしく、裕福なのがわかる。

「領主様、奥様、大変お待たせしました」

男性が入ってきて、立ち上がったオスカーと握手した。

町長は中肉中背で、三十代後半ぐらいだろうか、かなり若く見える。

茶色い髪は綺麗に短く切り揃えられ、一見質素だが、質のよさそうな光沢のある白いシャツに黒いズボンを身に着けていた。

丁寧な口調だし、領主を前にしても堂々としているところを見ると、若いけれどやり手なのかもしれない。

「新しい領主様で夫婦にお目にかかれて――――」

「堅苦しい挨拶や礼儀は俺にはいらない」

彼がお世辞を言おうとしたのを、オスカーが遮る。

「私もです。無駄が嫌いなもので……さっそく本題に入らせて頂きます」

むっとされてしまうかと心配したけれど、意外にも町長もオスカーと同意見のようで、ふっと微笑むとソファに座って手を前に組む。

「領主様にご相談したいのは、採れすぎた小麦についてです」

不作ではなく、採れすぎた？

マリベルが首を傾げると、すぐに町長が反応する。

「商売においては、豊作が必ずしも良いとは限らないのですよ」

そう前置きして、町長は詳しいことを二人に説明し始めた。

もともと土地が豊かなピッツェ周辺は、小麦の一大産地として、周辺に供給することで栄えてきたのだけれど、今年に限っては状況が違った。

周辺の領地でも豊作になったのだ。

すると、今まで周辺に流通させていた小麦の量が大幅に減ってしまう。それぞれの土地で例年より多く採れたのだから、ピッツェから大量に購入する必要がなくなったわけで、当然の結果だった。

次に何が起きたかというと、小麦の価格が大幅に下がったのだ。

これには町長も困った。来年に回すために備蓄するにしても限度がある。小麦は粉にしても時間とともに質が落ちていくし、保管場所の確保も馬鹿にならない。

市場に多く流せば、それこそ価格がさらに下がり、小麦でもっているピッツェの町全体が痛手を被る。

小麦の必要以上の豊作は二重、三重に町を苦しめることになった。

今では儲からないからと畑を放置する者まで現れているらしい。もし来年凶作になったら目も当てられない。

「何かよい解決策はないものでしょうか？」

「………」

オスカーがじっと考え込む。

難しい問題だった。余るほど作物が採れるなんて、普通はありえず、前例がない。

いつも飢えないように必死な村がほとんどだ。

「俺が買い上げて、必要な場所に配ったり、売ったりすることも可能ではあるが……」

「それですと、今後も同じことが起こるたびに、領主様を頼ることになってしまいます」

やはり、町長は大きな町を仕切っているだけあって、やり手のようだ。必要以上に領主を頼ろうとはしていない。

「すぐに解決策が出るとは思えない。悪いが持ち帰らせてくれ、じっくり考えたい」

「わかりました。それまでなんとか市場のバランスが崩れないように、手をつくしてみます。いざという時はやはり領主様に買い上げをお願いするかもしれませんが」

「それで構わない」

オスカーが頷く。マリベルとしては、残念ながら難しい話で何も助言できなかった。

「あと、気になったことがある」

話が一区切りついたところで、今度はオスカーから切り出す。

「なんでしょうか？」

「この町、治安が悪化しているのではないか？」

オスカーの言葉に、町長が一瞬だけ肩をびくっとさせる。

「……その通りです。以前から貧富の差が大きくなっていたのですが、ここに来てさらに広がっています。小麦の価格のせいで仕事が減り、食べていけない者が増え、中には子供を捨てる親までいるほどです」

「そんな……」

親に捨てられた子供はどうやって生きていったら良いのだろう。

賑わっているように見えたのに、実情はこんなにも違うなんてマリベルは思いもしなかった。

「恵みも富も、平等ではないからな。だが解決しないと治安は悪くなる一方だぞ」

「深刻な問題なのはわかっています。小麦の価格が以前に戻れば、少しは改善し、対策を打つ余裕も出てくると思うのですが、今は……」

申し訳なさそうに町長が肩を落とす。

「ひとまずそちらも合わせて考える」

「ありがとうございます」

町長が深々と頭を下げる。

その後、一緒に昼食でもと誘われたのを断り、マリベルとオスカーはすぐにウォルド城への帰路についた。

今回の視察の中、その場で解決しなかった問題は初めてで、帰りの馬車に揺られる二人は、数日前と違って気落ちしていた。

ピッツェの町を助ける方法を考えないといけない。

――余った小麦をどうすれば……。

粉は湿気に弱いし、パンにしてしまったらカビに弱くなる。小麦の質を落とさず保存できる方法があればいいのだけれど、そう簡単には思いつかない。

「難しいですね……」

「ああ、だからこそ町長が相談してきたわけだが」

彼らの持つ小麦の知識は、自分より遥かに多いはずだ。それでも解決できない問題なのだから、答えが見つからなくて当然だった。

けれど、オスカーが言ってくれたように、先入観を持たないからマリベルが思いつくこともあるかもしれない。

諦めずに知恵を絞り続ける。

「余っている小麦に新しい価値を生み出せれば、解決できるはずだが」

オスカーの呟きに、マリベルは微かな糸口がある気がした。

小麦の使い道といえば、パンの材料だ。パンにしか使わないと言ってもいい。

料理に少し入れたり、衣にしたりすることはあっても、その使い方の大部分は主食であるパンの材料だった。

他の料理を考えればいいのかもしれない。

ただ、新しい料理を作ったところで、周辺地にマネされてしまえば意味がない。それぞれで採れた小麦を使って作ってしまうからだ。それだとピッツェの小麦は減らない。

だから、簡単にマネできないような料理だったり、今までとは違う人に必要とされたりする使い方が望ましい。

考えは進んでいるけれど、解決まではまだまだ遠かった。

「……そういえば、実は麦も薬になるんですよね」

「初耳だ」

ふいに思ったことを呟くと、オスカーが反応した。

「鎮静や消炎作用があります。外皮を取り除いて煎じたり、粥にして食べたりします」

「それで何か新しい食べ物を作れないか？」

小麦をパンの材料としてとらえずに、薬として考えてみる。オスカーがそう考えを導いてくれた。

商品とするなら、大量に簡単に消費できるほうがいい。

保存が利けばさらにいい。

「あっ！」

「何か考えついたのか？」

オスカーの問いにマリベルは大きく頷く。

ちょうど馬車が城へと帰り着いたところだった。

【第五章】奥様は薬師　～薬剤室の秘め事～

視察の旅から戻った翌日、マリベルは髪を三つ編みに結いエプロンをつけて、薬剤室に朝から籠もっていた。

帰りの馬車で思いついたアイディアをさっそく形にするためだ。

「まずは今回のメインの小麦粉と甘さを出す蜂蜜、油分のバターは欠かせない材料ね」

ピッツェでもらってきた小麦粉の袋と、レンツの森で採れる蜂蜜の瓶を作業テーブルの上に置く。

本当は砂糖のほうが美味しくできるのだけれど、高価すぎて、庶民に手が出なくなる。小麦の消費を促したいので、今回は安価に作れないと意味がない。

「次に生地に混ぜる身体に良くて食べやすい食材」

とりあえず、食材庫から持ってきた物に加えて、薬棚から食材になりそうな物を取り出して並べていく。

ドライフルーツ、木の実、キノコ、薬草、油、チーズ、野菜やハーブなどの数十種類が候補に挙がる。

日頃からオスカーが商人に珍しい薬の材料が手に入ったら持ってくるように言ってくれていたおかげで、色々な物が用意できた。

「ルーシー、手に入りにくい物は省いて」

「任せといて、ベル」

新しい小麦料理作りの相棒に指名したチェルシーが、手際よく高価な食材を省いていく。それらをマリベルが棚へと戻した。

一人では気づけないことや、客観的に見られないことがあるかもしれないので、彼女の存在は重要だ。こんな怪しいことを他の使用人にお願いするのは気が引けるし、チェルシーなら本音を言い合える。

近くにいてくれた友には感謝しかない。

「次に入れると味が落ちそうな物と、保存が利かなそうな物を除いて」

目指しているのは食べやすくて、身体に良くて、保存が利く食べ物だ。

チェルシーが液体の物や苦みのある薬草を取り除いた。

それでかなりの数が残った。最終候補となる食材の一覧をメモしていく。

「あんまり入れると、味がおかしくなっちゃうから……入れるのは四種類が限度ってところかなぁ？」

薬師として身体に良い物をなんでも入れてしまいたくなるけれど、いくら蜂蜜で甘味をつけても不味くなってしまう。

「だったら、食材を四つずつグループにしてみる？」

「それがいいかも。今度は私もやるから、手分けしよ」

「わかったわ」

チェルシーの提案通り、相性の良さそうな食材を四つ合わせたものを、何通りか作ってみる。

「思ったよりたくさんできたわね」

チェルシーの言葉に頷く。

ドライフルーツと甘さに合いそうな木の実の組み合わせが数種類、他にも満腹感がありそうなキノコとチーズ、栄養はたっぷりだけどちょっと味が心配な野菜とハーブ、刺激的なスパイスたっぷりのグループなどができる。

「あとは、実際に作って、味見してから候補を絞ろっか」

二人で小麦粉にバターを入れてかき混ぜ、それから各材料を入れて、こねていく。

「やっと作るのね。ところで、結局何を作ろうとしているの？　やっぱりパン？」

「あれ？　言ってなかったっけ？　パンとは似てるけど少し違うかな。まあ、できてからのお楽しみってことで」

「ええー、ベルのけち」

その後もチェルシーと談笑しながら作る。

できた生地を伸ばして一時間ほど冷やすことのできる壺の中で寝かせると、一個ずつ成形していく。

最後にそれぞれがわかりやすいように、食材の一部を生地の上に埋めた。

「じゃあ、あとはお願いね、チェルシー」

「任せといて。オーブンで焦げない程度の温度で、じっくり二度焼きね」

後は焼くだけになった物を鉄板に載せて、チェルシーが調理場へ運んでいく。機材の豊富な薬剤室だけれど、さすがに調理用のオーブンはないからだ。

本当ならマリベルも行って、実際に焼き上がりを見ながら作りたかったけれど、それには問題があった。

食材庫に材料を取りに行く際に許可を取ったメイド長のグレイスに「食材庫は構わないけれど、調理場には貴族女性が入らないように」と強く釘を刺されてしまったのだ。だから仕方なく、オーブンでの加熱をチェルシーに任せたのだった。

マリベルはその間、完成した時のためにレシピの準備をする。

「ベル、できたわよ！」

一時間ほどしたところで、チェルシーが新作を載せた皿を持って戻ってきた。

「ありがとう、きちんと焼けてるみたいね」

「これってビスケット？　それにしてはなんだか形が変だけど」

焼き上がりを確認していると、チェルシーが疑問を口にする。

皿の上には、生地が少しだけ膨らんで横に長い箱形になった小麦色の食べ物が並んでいた。食材の色がうっすら出て、赤や緑色の物がある。

一つだけ黒いのがあるのは、混ぜた物の関係で焦げてしまったのだろうか。

「近いけどやっぱり違うかな。もっとぎゅっと凝縮した感じ。名前を付けるなら……ベイクドバー！」

焼いた棒という意味で名付けた。

発想の元になったのは、母から教わった、子供に薬を飲ませる方法だ。

甘くするために小麦と蜂蜜を練って、薬をそれで包む。こうすると、口に入れた時の苦さが緩和されて、飲みやすくなる。

マリベルはそれを携帯食に応用できないかと考えた。

ビスケットのように焼き固めて水分を抜き、中には栄養のある物を入れて、蜂蜜で甘くして食べやすくする。

保存が利くので作り置きもでき、旅人や行商人が気軽に買えると思う。

それまでの保存食といえば、塩漬けや乾燥させた肉や魚が中心で主食に乏しかった。硬く焼いたパンを持っていくこともあるけれど、美味しくないのでベイクドバーはきっと人気が出るはずだ。

マネされやすさは解決していないわけだけれど、レシピを公開しなければピッツェが数年は有利でいられるだろうし、何より小麦の消費量が増える。

「ベイクドバー、なんかわかりやすいし、いいかも」

「じゃあ、順番に食べて候補を絞っていくよ」

しっかり焼き上がっているのを確認してから、色々な種類を試食していく。やはり、緑の野菜とハーブ入りの物は味が厳しいので真っ先に二人して除外した。

「これが普通でいいかな」

マリベルが一番気に入ったのは、ドライフルーツと木の実を混ぜた物だった。その二つは味も食感もよく、栄養もある。

もっと味を突きつめていけば、きっと美味しくて食べやすい物になるだろう。

「わたしは意外にこれがありかも。食事の代わりになりそう」

チェルシーが推したのは、意外にもスパイスたっぷりのものだった。確かにドライフルーツが甘い菓子だとすれば、スパイス入りは食事っぽい。

一種類だとすぐ飽きてしまうので、二種類ぐらいは採用してもいいかもしれない。

「じゃあ、この二種類を候補で。味と焼き加減を突きつめていこう。まだ、しばらく付き合ってね、ルーシー」

「試食なら大歓迎よ！」

それから試行錯誤を重ねる。

ドライフルーツは、ショウガとレーズン、松の実に絞って、より甘めに作る。

一方、スパイスのほうは、蜂蜜を抜いて塩を足したものに刻んだベーコンと玉葱を入れて、胡椒とバジルをより利かせた。

形も人差し指より一回り大きいぐらいの箱形に改良して、火が通りやすいように穴をいくつか空ける。

「マリベル、どうだ？」

完成形ができた頃合いで、オスカーが薬剤室に訪ねてきた。

気づけば、辺りは暗くなっている。心配して様子を見にきてくれたのだろう。

「今ちょうどできあがったところです。よかったら味見していきませんか？」

「もちろんだ。気になっていた。これか」

興味深げにオスカーがベイクドバーを見つめる。

「オスカーさま、どうぞ。わたしは休憩入りまーす！」

「あっ、チェルシー……ありがとう」

チェルシーが、オスカー用に試食のベイクドバーを皿に取っておくと、わざとらしいかけ声とともに部屋を出ていく。

気を利かせてくれたらしいけれど、そういったことは、もっと気づかれないようにそっとやってほしい。

つい二人きりになったことを意識してしまう。

「うまい。水がほしくなるが片手で食べやすいし、いいな」

「保存を利かせるために、水分を飛ばしてあるので」

急いで瓶から冷えた水をコップに注いで、オスカーに渡す。

「味が二種類あるのもいいな。甘いのとしょっぱいのか。止まらん」

皿にあった四本のベイクドバーをオスカーが瞬く間に食べてしまった。

「満腹感もあるし、栄養もありそうだ。立って食べられるし、これは遠征の時にいいな。騎士団で購入できるかもしれない」

「本当ですか⁉」

いきなり大口の取引ができれば、噂も広がるし、生産量も最初から増やせる。

「こっちのは違う味なのか？」

機材の並ぶテーブルに置かれた皿をオスカーが指差す。それは最初に作った試作品のベイクドバーだった。

「没になったものです」

「せっかくだからもらうぞ」

彼は指でベイクドバーの試作品を摑むと、口へ運ぶ。

「あっ、その黒いのは――――」

焦げてしまったものだと止めようと思ったけれど、彼はその前に一口食べたのだ。

「ごめんなさい、それ苦いですよね？」

「いや、苦味に似ているが……とても美味しいぞ」

「えっ？」

焦げていたら苦みがあるはずだけれど、オスカーはそうではないと言う。

生地が黒くなる食材などあっただろうか。

「ちょっといいですか？」

マリベルは半分になった黒い試作品に鼻を近づけてみた。焦げたのとは違う香ばしくて、甘い香りがする。

「これって……」

香りを手がかりに記憶を辿る。

「もしかして、カカオ!?」

それは遠い南の国で採れるもので、独特の味と香りがする粉だった。つい先日、珍しい物だと商人から買ったのでよく覚えている。

入手が難しいものは省いたつもりだったけれど、どうやら紛れ込んでそのまま入れてしまったらしい。

――たしか効果は疲労回復、食欲不振……滋養強壮!?

「マリベル！」

いきなり興奮した声で呼ばれる。

黒い物の正体に気を取られていて、それまでオスカーの変化に気づかなかった。

「オスカー、大丈夫――――きゃっ！」

いきなり、オスカーに抱きしめられる。

どうやらカカオに反応して、興奮しているらしい。きっと食べ慣れない物なので、強く反応してしまったのだろう。

背後から腕にぎゅっと力を込めてくるオスカーの息が、マリベルの耳に届いた。

呼吸が速くなっているほどでもない、身体に異常はなさそうだけど……。

「あの……気分が悪いのですか？」

「いや、お前に触れていて最高だ。試作品開発の間は、邪魔してはいけないとお預けだったのに、マリベルがちょろちょろと可愛く料理をしているから捕まえたくなった」

いつもより饒舌である。

興奮も手伝い、妻に欲情してしまったということみたいだ。

その証拠に、マリベルのドレスとオスカーの服があってもわかるほどに、硬くなった熱杭がお尻近くに当たっていた。

「どうにかしないと、今日の予定に差し支えますね……」

今日のオスカーは、色々とスケジュールがあったはずである。

「ああ、どうにかしてくれ、マリベル」

まるで、薬師のところに駆け込んできたかのようなニュアンスで、オスカーが囁く。

マリベルはこの手の懇願には弱い。

何もしなくても時間がたてば大丈夫であっても、頼ってきてくれたなら、寄り添いたくなる。

そもそも、夫であるし、カカオを混ぜたベイクドバーを作ったのはマリベルだ。

責任はある……たぶん。

「……どう、されると……楽ですか？」

マリベルは、ひとまず患者に接するみたいに尋ねた。

「マリベルに押し付けていると、気持ちいい」

「きゃっ！」

途端にぐいっと、マリベルにガチガチの肉竿が押し付けられる感覚がある。服越しなのに、凶悪な硬さだ。

そのままゴリゴリと動かされると、じれったいものが込み上げてくる。

どうやらオスカーも同じみたいで、刺激が足りずにマリベルの胸へ背後から手を伸ばして摑んできた。

「あっ……ダメです……こんなところで……んぅ……」

マリベルは抗いながらも、理性の残る頭で、食品から遠ざかってフラフラとテーブルへ手を這わせた。

ふらつく足取りに、オスカーは密着したままついてきて、ラッピング用にと空けていたテーブルの端へ辿り着く。

ほんの数歩であったが、色々な場所が刺激を受けているので、くたくたになってしまう。

マリベルがテーブルへと突っ伏したところで、オスカーがマリベルのドレスをまくり上げた。

バサッと衣擦れの激しい音がして、下腹部が涼しくなる。

今日は、料理をすることもあり、飾りの少ないワンピースの上にエプロン姿であった。

するりとパニエごと下着も脱がされたけれど、引き抜かれてはいないので、マリベルの足首で不安定な足かせのようになっている。

オスカーがじれったそうに、自らの前をはだけるカチャカチャというベルトの音がした。

そして、彼がぴたりと背後から身体を合わせてくる。

くちゅっと水音がして、オスカーの肉棒がマリベルの秘所へと吸い付くように触れた。

加減を確かめるみたいに、入り口だけくちゅっ、くちゅっと這わせて、その感覚に身体がぞくぞくとなってしまう。

「あ……んぅ……っ、ふっ……」

口から甘い吐息が零れ出た。

オスカーの雄々しい肉杭の悦楽を、マリベルの身体ははっきりと記憶している。

突き入れられたら、少し苦しくても、めくるめく快感が襲ってくると知っている身体があった。

それは、オスカーの弱いストロークに翻弄され始め、秘所が期待で蜜壺のようになり、愛液が溢れてくる。

――んぅ……こんなの……あっ、濡れて……。

マリベルの身体は、彼を奥底まで受け入れる準備をすっかり始めていた。

オスカーが気づいてか気づかずか、ぐちゅっ、ぐちゅっと、浅い抽送を始める。

淫唇がきゅっと彼を咥えこみ、柔襞が肉棒を滑らせて受け入れていく。

「ああっ……あっ、ああっ……んぅ……ふぁ……！」

声を殺そうとしても、オスカーの動く刺激に合わせて、喘ぎ声が出て……。

――こんなところで……っ、恥ずかしいのに……気持ちい……い……んぅ。

「マリベル……挿れるぞ……っ、く」

「っ、あああっ！」

テーブルへ手をついて立ったままのマリベルの腰を、オスカーが背後からがっちりと手で固定し、ずぶずぶと深く肉棒を沈めてくる。

抉るような角度のついた灼熱が、マリベルの膣襞をごりごりと刺激しながら、激しい快楽と共に突き刺さってきた。

「ふあああっ……あぁっ……うぅ……あっ、うっ、はあっ……あっ、あっ、ああっ……」

マリベルはつま先立ちになって、お尻を上げて切なく息を吐く。

――オスカー……ああっ、んぅ……。

オスカーの顔が見えないことが、さらに扇情となる。

ぐちゅっ、ずちゅっと淫猥な音がして、ズンッズンッと甘美で切ない刺激が、マリベルを襲った。

「あっ……ふぁ……んぅ……あっ、あっ……あっ！　あぁんっ……！」

抽送に合わせて嬌声が出てしまう。

背後からは、オスカーの微かに呻く声や息遣いがして、ますます淫靡な気持ちになっていく。

――後ろから……突かれて……あっ、ああっ……ふぁっ……！

パンッ、パンッと腰がぶつかる音がして、ビクビクと全身が戦慄いて、気持ちよさが駆け巡る。

マリベルの絶頂は近かった。

ピンと足が伸びて、かろうじてつま先を付いている。

テーブルに突っ伏した身体を包むドレスは、オスカーの手により乱れて、胸が押しつぶされて乗っていた。

ガクガクと揺さぶられる激しい抽送のたびに、甘い悲鳴が零れていく。

「ふぁっ……んぅ、あっ……ああっ、あっ……！」

絶頂の波が、マリベルを容赦なく襲ってくる。

肌が粟立ち、赤く染まった。

ビリビリと痺れる快感が、オスカーが突き入れた奥から、身体の芯へと抗えないほどに広がり始める。

「あっ……ああ、ああっ……」

――――蕩け……ちゃう……あああっ……！

マリベルは、恍惚となって、頭の中で白い火花を散らした。

「あああっ……！」

同時にオスカーが奥でドクドクッと爆ぜる。

「……っ！」

柔襞にぎちぎちと包まれた膣奥で、彼が精を放っていく。

「……んっ、ああっ……オスカー……っ、あっ……」

その最後の刺激で、マリベルはさらに感じてしまい、身をよじった。

ぼんやりとした頭で、今度からは材料の管理をちゃんとしなくては……と思う。

――ああっ……でも、今は……。

マリベルは荒い息のまま、オスカーとの情事の余韻に浸ることにした。


昨日はそれきりで……翌日、オスカーと顔を合わせたのは昼過ぎだった。

「オスカー！」

「マリベル……その……昨日は……」

食堂で顔を合わせると、お互いに俯く。

昨日のことで起きるのが遅くなったのはマリベルだけでなく、オスカーもだったらしい。

「すまなかった」

「ごめんなさい」

二人して同時に謝る。

「うかつに食べた上に、自分を抑えられなかった」

「薬の管理をきちんとしていなかった私の責任です」

またも同時に悔いる言葉を口にする。

思わず、くすりと笑ってしまう。

「じゃあ、二人とも悪かったということで、おあいこにしましょ」

「それでいいのか？　お前にあんなことを――」

一瞬で思い出して、顔から火が出そうになる。

「お、思い出させないでください」

「すまない」

今度は申し訳なくではなく、嬉しげにオスカーが謝った。

これでいつもの雰囲気に戻れそうだ。

「冷める前にお昼を食べてしまいましょう」

「ああ、そうだな」

昼というか遅めの朝食になってしまっているのだけれど、仕方ない。

テーブルの上に並ぶ料理を口に運んでいく。

今日の昼食は、肉や野菜の入ったサンドウィッチと、スープ、肉料理、フルーツで、いつもながら大ボリュームだ。

身体の大きなオスカーはそれを毎回ぺろりと平らげてしまう。

「そういえば、昨日お前が作ってくれた新作の小麦料理だが、レシピを書いてくれれば、すぐにピッツェの町長へ送ろう」

「レシピは、あとは整えるだけですぐ用意できますが……」

焼く時の待ち時間を使って、準備しておいたのですぐに完成させられる。

けれど、マリベルは他にも考えていたことがあった。

「直接、完成品を持って町長に説明したいのですが、だめでしょうか？　なるべく失敗させたくないので、レシピを渡すだけでは終わらせたくないんです」

「構わない、では今日この後行けるか？」

少しは反論されるかと思ったけれど、オスカーはあっさりと了承してくれた。しかもすぐに行動に移そうとまでしてくれる。

「お願いします。夜までには帰りたいので」

もう昼なので、往復する時間を考えるとすぐにでも出発したい。

最悪、この間泊めてもらった宿にきちんとお金を払って泊まればいいだろうけれど、できれば戻ってきたい。

未だにマリベルが城で学ぶべきこと、すべきことはたくさんあるからだ。

「わかった。ならば、馬車でなく、俺の馬で行くとしよう」

若干嫌な予感がしたけれど、オスカーの提案に頷く。

昼食を終えると、すぐにレシピを完成させ、二人で再びピッツェの町へと旅だった。


予感は当たった。

全速力の彼の愛馬は凄まじいものだった。以前、オスカーの馬に二人で乗った時はまだ余裕を持った走りだったらしい。

「大丈夫か、マリベル？　その、すまん」

「す、少し休んだら……回復します……たぶん」

ピッツェの町に着く頃には、全身を激しく揺さぶられた後で、立っているのもやっとの状態になっていた。

試作品のベイクドバーの入った袋を落とさなくて偉いと自分でも思う。

ただ、揺られただけあって馬車で行くよりほぼ半分の時間で辿り着いていた。

「もう少し手加減すべきだった、帰りはそうする」

「……はい」

今から帰りのことは想像したくない。一泊して帰ったほうがよさそうだ。

満足に歩けるようになったところで、マリベルたちは町長を訪ねた。

「これはこれは、よくお越しくださいました」

突然の訪問だったけれど、快く出迎えてくれる。

応接室に移動するとさっそくマリベルから話を切り出した。

「余った小麦の使い道ですが、新しい料理を考えてみました」

「訪問の目的はやはりそれでしたか。早くてとても助かります。まずは完成したものを見せて頂けますか?」

マリベルが試作品を持ってきたこともわかっているらしい。

さすが大きな町の町長、話が早い。

「これです。ひとまずベイクドバーと呼んでいます」

袋から小さな包みを取り出すと、応接室のテーブルの上に出す。

「拝見させて頂きます」

町長は試作品を手で摑み、硬さを確かめたり、香りを嗅いだりしている。

なんだか緊張してきた。

「主原料は小麦です。作り方はパンと似ていますが、あまり膨らますことはせず、薬師の立場から身体に良い物を混ぜてぎゅっと凝縮しています」

「そうですか……失礼します」

町長は断ると、レーズンの入ったベイクドバーの一つを口に含んだ。

サクっと良い音が聞こえてくる。

「ひとまず二種類のものを用意してみました。今食べられたほうが甘いもの、もう一方が塩味です」

「ではこちらも」

町長が、ベーコンが入ったほうのベイクドバーも一口食べる。

「いかがでしょうか？」

緊張しながら、一切顔色を変えない町長の評価を待つ。

「素晴らしいです。味がよく、湿気にも強く、栄養価もある。これほど商売に適した食品には出会ったことがありません。きっと瞬く間に売れることでしょう」

「本当ですか!?」

「公のことについて、私は嘘を言いません。町長は信頼が大事ですから。無論、私的なことでは大抵の男と同じ程度の嘘はつきますが」

思わずもう一度確認してしまうと、町長がにっこりと見つめてきた。

オスカーの顔を見ると、大きく頷いてくれた。抱きついて喜びを分かち合いたくなるのを必死に堪える。

「ただ一つ問題があって、それほど難しい作り方ではないので、すぐに他の町にもレシピが出回ってしまうかもしれません」

「それでしたら解決可能でしょう」

町長が後ろに控えている屋敷の者に耳打ちすると、すぐにテーブルの上へ一枚の書類が置かれる。

「考案者である領主様と商業ギルドで独占販売権の契約を結びましょう。そうすれば、商業ギルドで保護し、レシピをマネした者から賠償金を取ることができます」

村育ちのマリベルは知らなかったけれど、契約することでレシピを独占することが可能らしい。

「幸い、私は町長になる前、商業ギルドの長をしておりました」

言われてみれば、町長は何度か村や城でやりとりした商人と似た雰囲気を持っている。

「考案者は領主の俺ではなく、マリベルだ」

「では奥様と商業ギルドとの契約にいたします」

別に構わないのにオスカーの指摘に、町長がすぐ応じてくれた。

契約書を自ら書き換えていく。

「マリベル様の取り分は、販売額の二割でいかがでしょうか？」

正確な価値はわからないけれど、レシピを作っただけで販売するたびに二割が入ってくるのは破格すぎる。

オスカーのほうを見る。彼も頷いたので同意見のようだった。

「取り分は一割で良いので、代わりに何点かお願いしたいことがあります」

「なんでしょうか？」

商売人相手なので緊張しながら、頭の中で整理して口にしていく。

「まず、大勢の人に食べてほしいので、売値は安くしてください。間違っても貴族だけが食べられるような物にはしないでほしいです」

皆に健康でいてもらいたいのは、薬師としてのマリベルの思いだった。だから、たとえば、病気や怪我で元気のない人が、少量のお金を出せば、誰でも手に入るようにしてもらいたい。

「当然です。小麦の消費に繋げるために考えて頂いたものですから」

最初の願いは、町長も手放しに承諾してくれる。

「次に、私の取り分一割は町長に預けますので、貧しい人や仕事を失った人に貸し出したり、補助したりすることに使って頂きたいです」

貧富の差の解消に繋がるまずは一つ目の手段だ。

オスカーに相談していなかったのだけれど、領地のために使うことにもなるし、彼も納得してくれると思う。

「では商業ギルドに預けて運営する、という形にして半年に一度帳簿と事業報告書をまとめてお見せするということで、よろしいでしょうか？」

「はい、それで構いません」

これにも町長は何の異論も口にしなかった。

「最後に、ベイクドバーを作ったり、材料を採取したり、加工したりするのを仕事をなくした人たちに回してあげられませんか？」

仕事がなければ、生活費は稼げず、生きていけない。

貧困をなくす一番の方法は、仕事を増やすことだとマリベルは思っていた。村では助け合って、分け合って生きていけるけれど、それが大きな町では通用しない。

けれど、せめて仕事は分け合ってほしい。

所詮思いつきでしかないかもしれないけれど、よく考えたうえでの提案だ。

「技術や素行もあるので難しいのですが……善処しましょう。治安の改善にも繋がりますし、私が骨を折ってでもすべきことでしょう」

町長は提案に少し悩んだけれど、最後には納得してくれたようだった。

「私からの希望は以上です、どうかよろしくお願いします」

「こちらこそ、お二人には感謝しております。きっと良い方向に進むと確信しておりますので、どうか安心してお任せください」

先ほど言ったことを盛り込んだ契約書がすぐに用意され、サインする。

こうして、試作したベイクドバーがマリベルの手元を離れていった。

【第六章】国王夫妻の訪問　〜ダンスと女主人〜

マリベルの考案した試作品は〝薬師のベイクドバー〟としてすぐに領地内に広がり、さらにオスカーから騎士団に働きかけてくれたことで、他の領地にも伝わっていく。

やがて、ウォルド領の名産品とまで言われるようになった。

商業ギルドも約束通り、売り上げの一割を使って貧困層への支援事業を軌道に乗せ、今ではピッツェの町だけでなく、領地内全体の格差が小さくなっているという。

オスカーの手伝いとして始めたことが、多くの人を巻き込んで、しかも幸せにしていることに、マリベルは大きな感動を抱いた。

けれど、それがさらなる思わぬ事態を招くとは——。

「むっ……」

ある朝食時、数人前の料理を平らげたオスカーが、執事から手紙を受け取り、中を見ると珍しく不機嫌そうな声をもらした。

「どうしたんです？」

「一週間後、来客がある」

「それはすぐに準備をしないと」

来客と聞いて、オスカーの友人か、騎士団関係の人間だとばかり思っていた。

今まで結婚式以外で誰かが私的に訪ねてきたことなどないので、不安な反面、楽しみでもあったのだけれど……。

「誰が来るんです？」

「国王と王妃だ」

「……えっ？」

一瞬、頭が真っ白になる。

ブリックラント王国の王様が、我が家に客として来るなんてたちの悪い冗談か、夢としか思えない。

村娘だったマリベルからすれば、王様なんて雲の上の人だった。

「今、もしかして王様と王妃様って言いました？」

「あぁ、言った。間違いない」

オスカーが手紙を見せてくれる。

それは王室からの通達で、一週間後に王と王妃が訪問するので準備をするようにと書かれていた。

こんな遠方の領地をわざわざ訪ねるなんてことをしなくてもいいのに。

「でもどうして急に？」

「ベイクドバーについての噂が王の耳にも入り、興味を持ったらしい。表向きは領地の視察ということになっている」

まさかピッツェの町を救うための行動がこんな困ったことになるなんて、想像もしていなかった。

「王族をおもてなしする自信なんてありません。一体どうすれば……」

「大丈夫です、奥様」

焦るマリベルを落ち着かせたのは、意外にもメイド長のグレイスだった。

「この屋敷の使用人のうち数人は王族に仕えていた者です」

「そうだったんですか！」

オスカーから王室に紹介してもらった使用人だとは聞いていた気がするけれど、実際に王族の使用人だったとは思わなかった。

執事やグレイスが道理で優秀なわけだ。

「それに相手が誰であっても、相手のことを思い、喜んで頂けるように迎え入れる、ということに違いはありません」

「要はおもてなしの心ね」

グレイスの隣にいるチェルシーがかみ砕いてくれる。

二人とも心強い味方だ。

「加えて、客観的に見れば王族が訪問するということは大変光栄なことです。領地に箔がつくとも言えることでしょう」

確かにグレイスの言う通りだ。

王様が来たとなれば、領外からの注目が集まるし、領民も誇らしいだろう。領地を盛り上げる絶好の機会だ。

「奥様ならきっと成功させられます」

グレイスが背中を押し、他の使用人も自分を信頼してくれる。

一人ではない、皆がいるから大丈夫だと思えた。

「どうしてもというなら、それとなく断るが……」

心配そうに聞いてくるオスカーに、力強く答える。

「いいえ、頑張ってみます。オスカーのためにも、領地のためにも、しっかり王様と王妃様をおもてなししてみせます」

皆のためにと思うと、やる気が漲ってくる。

さっそくマリベルはグレイスと細かな打ち合わせをして、王と王妃を迎える準備に取りかかった。


あっという間に通知から一週間が過ぎ、ついに王と王妃を迎える日になった。

おかしな恰好で出迎えるわけにはいかないと、領地や侍女の威信もかけてマリベルは着飾られていた。

この日に相応しくも……王妃よりも豪華であったり、目立ちすぎたり、してはならない気遣いも頑張ったつもりである。

藍色の落ち着いたドレスは、クリーム色のレースがふんだんに使われた意匠であった。

銀の刺繍はつる薔薇で、葉の模様がスカート部分へと続いている。

ネックレスとイヤリングは揃いで、小粒のサファイヤとルビーがちりばめられた細工。絶対に落としてはならない……。

髪は結い上げて、ピンで留めた上に朝摘みの薔薇を差した。

オスカーもまた、荘厳である。

藍色と白の美しい上着に、白のベスト、淡い黄緑色のクラヴァット。

領地の一大イベントでなければ、じっと見て堪能したいほど似合っていた。

当日は朝から準備を終えて待っていると、まずは警護を担当する騎士団の半数が城に到着する。

すると騎士団の集団から代表者だろうか、二人の騎士が挨拶に来た。

「団長お久しぶりです、お元気そうで何よりです」

「今は団長じゃない、ウォルド伯爵って呼ぶべきだろ」

オスカーと同じぐらいの年齢で、一人は物腰の低い男性、もう一人は少し横柄な態度の男性だった。

しかも後者の男性がどうもこちらをちらちらと見てくる。

「マリベル、紹介しよう。俺が留守の間に騎士団を任せている二人だ。左が副団長のメリソン、右が小隊長のワイアット」

「夫がお世話になっています」

グレイスに教わった通りに貴族流の挨拶をしてみる。スカートの中間をつまみ上げ、軽く頭を下げる。

「よろしくお願いします、奥様」

「ふんっ……」

メリソンは挨拶を返してくれたけれど、ワイアットは鼻を鳴らすだけだ。

先ほどの視線といい、庶民ということで嫌われているのかもしれない。

「こんな辺境の領地まで来なきゃいけなかったから疲れた。オレたちが休めるところ、用意してあるだろうな？」

「すぐにご案内します」

チェルシーに、彼を案内してもらう。

騎士団が来ることはオスカーから聞かされていたので、今は使っていない城の詰め所を掃除してあった。あとは中庭に天幕を張ってもらい、滞在となる。

「冷たいワインとつまみも用意しろ。ちゃんといいやつをだぞ」

騎士とは思えない台詞だ。

彼が去ると、オスカーとメリソンは同時に深いため息をついた。

「俺がいなくなってからもずっとあんな感じなのか？」

「いえ、最初は任されたことで自覚が芽生えて、よくやっていたのですが。数日前から急に態度が元に戻ってしまって、気まぐれですかねぇ……すみません、団長」

「お前のせいではない。そうか、数日前からか」

オスカーが何か考え込んでいる。

話を聞く限りだと、元から問題のある騎士のようだ。

「彼には注意するよう、使用人に言っておきますか？」

「いや、いい。騎士団のことは俺に任せてくれ。気にしなくていい」

「わかりました」

オスカーは騎士団を束ねていたわけで、何かしら考えがあるのだろう。言われた通り、ワイアットについては気にしないことにした。


騎士団の先遣隊が来てから一時間後、王族一行が城へと到着した。

王の側近、大量の荷物持ち、王族の使用人、さらに騎士団の半分が警護に当たっていたので、かなりの大所帯だ。

事前に聞かされていた人数とはいえ、レンツ村の住民数を遥かに超えていて、驚かずにいられない。

それらの者が滞在できてしまう城の部屋数もすごいのだけれど。

「王様、王妃様、ようこそ、おいでくださいました」

「このたびのご訪問、光栄の極みです」

平静を装って、教わった通りの挨拶を口にすると、それにオスカーが続いた。さすがに騎士は儀礼的なこともこなさなくてはいけないので、彼は慣れている様子だ。

「出迎えご苦労。自然が多く、良いところだな、オスカー」

「最近では自然だけでなく、とても人気な名産品までできて、今一番注目されている土地ですもの。そんなことより……」

王妃が王の横からカツカツと一人でこちらへ歩いてくる。マリベルの前まで来ると、いきなり手を取った。

「あなたがオスカー殿の想い人ね。会いたかったわ」

「王妃様にそう言って頂くなんて、夢のようです」

顔を伏せて、答える。

「後でオスカーとの詳しいこと、聞かせてね」

手に持った扇で耳打ちすると、にっこり微笑まれる。

「私などでよろしければ、話し相手を務めさせて頂きます」

「楽しみにしてるわ。それにしても、すっかり淑女の所作を身につけているようねぇ。偉いわ。やっぱり愛ゆえなのかしら？　ねぇ、グレイス」

急に王妃がメイド長の名前を口にして驚く。

「お久しぶりでございます、王妃様。奥様は大変な努力家であり、お二人は王様と王妃様にも負けないほど、仲睦まじい夫婦です」

「あら、辛口のあなたがそこまで褒めるなんて珍しいわね」

二人のやりとりにぽかんとしていると、その様子に王妃が気づく。

「グレイスは元わたくしの侍女なのよ」

「そうだったのですか？　存じませんでした」

王族に仕えていただけでも意外だったのに、まさか王妃の侍女だなんて思わなかった。けれど、今は驚いてばかりもいられない。

「お疲れでしょう。すぐに晩餐会の準備をさせて頂きますが、その前にお部屋でお寛ぎください」

「ありがとう、そうさせてもらいましょう」

王族一行が執事の案内で屋敷へと入っていく。

出迎えは問題なく終えて一安心だけれど、まだまだ気を抜けない。

気合を入れると、確認のため、晩餐会の準備で追われる会場へと向かった。

※　※　※

一方、オスカーは王と王妃が部屋に向かうのを見届けると、騎士たちに今後の指示を細かく出していた。

休暇中の身ではあるが、ここは自分の城であり、失態は自らの責任となる。

加えて、あえてオスカー自身が警護の指揮を取ったのは、不穏な雰囲気を感じ取ったからでもある。

「まず城の一階に騎士が待機する部屋を用意した。そこを拠点にして、交代で国王と王妃の近くで警護に当たれ。メリソン、団の中でこの手の仕事に適した十人を選抜してお前自らが指揮しろ」

「……わかりました、団長」

メリソンが一瞬何か言おうとしたようだったけれど、オスカーの意図を察したのか、ただ承諾する。

「外の警備はワイアット、お前に任せる。この城は城壁がないから、巡回する人員を多めに取れ。怪しい者がいたら、構わず確保して詰め所に連行しろ」

「りょーかい」

ワイアットのほうも異論はないようだったけれど、口元が緩んでいる。

それだとサボるのではないかと言いたげな目をメリソンが向けてきたけれど、何も反応しない。

「問題が起これば、俺の地位も危うい。騎士団に戻れなくなるかもしれない。だから、気合を入れて頼むぞ」

ワイアット以外の騎士が「はい！」と、気合の入った返事をする。

「では、俺は一旦領主としての役目を果たす。何かあればすぐに連絡しろ」

騎士たちが頷いて、各々の持ち場に散っていった。

「…………」

オスカーも城の中に入ると、晩餐会の大広間に行くと見せかけて裏口から再び外へと出て行く。

ゆっくりと詰め所のほうに向かう。あえて一度城を通ったのは、相手に気づかれないようにするためだ。

詰め所に着くと、ワイアットの声が聞こえてきた。

「五チームに分けたから、二チームはここに待機と休憩、残り三チームで巡回な。もし、賊や敵襲があったら、待機している二チームとも連携して処理しろよ」

やる気がないながらも、騎士たちに的確な指示を出している。

「じゃあ、ちゃんとやれよ」

「隊長？　隊長はどこへ？」

「ちょっとメリソン副団長と打ち合わせておくことがあるんだよ」

素早く建物の陰に身を隠して、気配を消した。

彼が詰め所から出て行く。ワイアット程度では、修羅場をくぐってきたオスカーの存在に気づけない。

さらに気配と足音を消しながら、彼の後をつけた。

――焦りが足に出ているぞ、ワイアット。

彼はいつものようなだらだらとした動きではなく、どこか急いでいるように見える。

ワイアットは何食わぬ顔で玄関から城に入ると、警護の騎士たちに挨拶をしながら二階へと上がっていった。

騎士の待機する部屋は二階ではなく、一階だ。メリソンが二階にいるかもしれないが、先に一階の待機部屋に行って確かめないのは明らかにおかしい。

「……」

やはり、オスカーの勘は当たっていたようだ。

ワイアットは二階に行くと、王と王妃がいる部屋を遠目で確認する。そして、きょろきょろと辺りを見回すと、廊下を歩いていた使用人と目を合わせたみたいに見えた。

ワイアットとその使用人が、今度は目を合わせずに互いに近づいていく。そして、すれ違う瞬間、何かを使用人が彼に手渡した。

一瞬のことだったが、見逃さない。

「――――」

すると、今度は王と王妃がいる部屋が騒がしくなった。隠れて見ているわけにもいかず、オスカーは姿を現すと状況を確認しに行く。

その間に、ワイアットは姿を消していた。

「あぁ、団長!?」

部屋の前につくと、ちょうどメリソンが出てくる。

「何があった？」

「王妃のお気に入りの扇が急になくなったそうで騒いでいるのです。到着時にも持っていた、あれです。王と王妃は冷静なのですが、大変希少な動物の羽根を使っているとかで、侍女たちが大騒ぎしています」

メリソンの報告に考え込む。

「ひとまずお前は捜索に当たれ、人員を追加で割いてもいい」

「わかりました、さっそく問題が起きてしまってすみません」

申し訳なさそうにメリソンが頭を下げる。

「問題が起きるのは仕方ない、解決すればいい。そっちは頼んだぞ」

彼の肩を軽く叩くと、オスカーは踵を返す。

「団長はどこへ行かれるのですか？」

「心当たりを探す」

「……えっ？」

今起きたばかりの事件になぜ心当たりがあるのかと、きょとんとするメリソンを置いて、オスカーは歩き始めた。

ウォルド城はメインとなる玄関のある建物と、客間用、使用人用、そして住人用の建物とが一階で繋がる珍しい造りをしている。

だから、二階から別の建物に行く場合、一度一階に下りて本棟へ行かないとならない。

ただし、それは普通の移動方法をとる場合だ。

こんな変わった城を作った者が一階を通らずに各棟を移動できる隠し通路を作らないわけがない。

そう思ったオスカーは以前、すみずみまで城を調べ、すでにそれを見つけていた。

客間の一番端にある、客人の使用人用の部屋に入ると、大きなタペストリーをどける。

そこには横にスライドさせる扉が隠れている。

扉を開けると、そこは城の住人の使う部屋の一室になっている。こちら側からは壁に絵が描かれていて、わからないようにしてあった。

何とも凝った造りだが、今回は助かった。

その空き部屋から出ると、マリベルの使っている部屋に向かう。勝手に入るのは忍びないので、扉の前で気配を消して待つ。

すぐに予想通りの相手がやってきた。

「ワイアット、ここで何をしている?」

「ひっ!」

言い逃れできないところまで来たところで声をかけた。彼はそれまでまったく気づいていなかったようで、思わず悲鳴を上げる。

「な、なんだ。団長か。いや、なんか迷っちまって、はは、ははは……」

必死に誤魔化そうとしているが、バレバレだ。

ワイアットの額から冷や汗が流れ落ちる。

「すべて話せ? 黒幕は誰だ?」

鋭く睨みつける。

彼は協力者から王妃の扇を受け取り、マリベルの部屋に置くことで、犯人に仕立て上げようとしていたのだ。

騒ぎが大きくなったところで、それとなくすべての部屋の捜索を誘導して、扇を見つけさせるつもりだったのだろう。

「……そうさ。庶民が騎士団長をやっているだけでもむかつくのに、村の薬師が伯爵の妻になるなんて、貴族の一員として許せるもんか!」

開き直ったワイアットが悪態をつく。

彼は自分の部下だ。王妃の扇を盗んだ責任は、オスカーにもある。ここで罪を認め、黒幕について話せば、許してやるつもりだったが……無駄だった。

「力尽くで吐かせるしかないようだな」

捕まえるため、ゆっくりワイアットに近づいていく。

「オレも騎士だ。団長だからって簡単に捕まると思うなよ？」

逃げたところでどうなるわけでもないのに、もう冷静な判断はできないようだ。

ワイアットがゆっくり後ずさる。

「悪事を働いたお前はすでに騎士ではない」

「お前になんて死んでも捕まるか！」

床を思い切り蹴って、一気に彼を摑もうとする。

けれど、ワイアットは思いも寄らない方法に打って出た。

「く、くそっ……」

追い詰められたワイアットは近くにあった窓に体当たりした。

ガラスが割れて、そのまま落下していく。

彼は態度に問題があったが、身のこなしは抜きん出ていた。上手く受け身を取ると、起き上がり、そのまま城の外へと逃げる。

やや足を引きずっているようにも見えたが、骨は折れていないようだ。

オスカーも同じく二階から飛び降りられなくはないが、やめておく。体重がずっと重い自分では、足を痛めないとも限らない。

巡回している騎士に声をかけるのもやめておいた。

今は、あまり事を大きくしたくない。

「捕まえてすぐ戻ればいい」

ガラスの割れる音を聞きつけてきた使用人に、マリベルとメリソンへの伝言を素早く頼んでから、ワイアットの後を追った。

※　※　※

その頃、マリベルは晩餐会の最終確認を進めていた。

料理の最終打ち合わせをコックとして、席順を再度確認し、会場に問題がないか見回っていく。

グレイスと執事に任せれば問題ないのだろうけれど、だからといって自分の役目を放棄するわけにはいかない。

晩餐会に関わるすべてを確認し終えると、今度は出席者としてのテーブルマナーを一つ残らず、思い出さなければならない。

やっと一息つけると思ったところで、マリベルのもとに思わぬ知らせが届いた。

「ベル、大変……」

他の使用人が持ってきたメモをチェルシーが受け取ると、顔がさっと青ざめる。

「どうしたの？」

「オスカーさまからの伝言なんだけど、王妃様の扇がなくなって、盗んだ犯人を追うからしばらく城を離れるって……」

「えっ！　ええ――――っ！」

思わず声を上げずにいられない。

「晩餐会はどうするの？　少し遅らせられる？」

チェルシーが首を横に振る。

「メイド長に相談してみるけど……難しいと思う。相手は王族だし、最悪、戻られない時はオスカーさま抜きでやるしかないわ」

「そんな……」

初めての晩餐会で、しかも主賓が王族なのに、オスカーが側にいないのは不安で仕方なかった。

「でも……」

オスカーのためにも、晩餐会をきちんと進行させるべきだ。

大成功しなくてもいい。どうか失敗しませんように。

できることなら、始まるまでにオスカーが戻ってきますように。

晩餐会の開始までマリベルは祈り続けた。

ウォルド城で一番広い部屋である大広間には、一度に数十人が座れる巨大なテーブルが置かれていた。

数十人分の食器、ナイフやフォークなどのカトラリーがずらりと並び、椅子の間隔から燭台の蠟燭の長さまできちんと揃えられた様子は圧巻だ。

壁際には給仕役の使用人がずらりと並ぶ中、マリベルは客人を出迎えるため、大広間の入り口に待機していた。

隣にいるはずのオスカーの姿はない。間に合わなかったようだ。

しかし、彼に腹を立てることはなかった。

彼のことを信頼している。きっと何としても犯人を捕まえて戻ってきてくれるだろう。王族への窃盗は、それだけで領地をゆるがす大事件になりかねない。事を大きくしないためにも、すぐに片付ける必要がある。

わかってはいるけれど、不安な気持ちが消えるわけではなかった。

晩餐会の前からいきなり事件が起きたわけで、どうも嫌な予感がする。

まるで、誰かが王族の訪問を邪魔しているかのような……。

——悪いほうに考えすぎよ。

頭を振って、もやもやとした気持ちを振り払う。

「奥様、いらっしゃいました。内務大臣のガリム様です」

すると、後ろに控えていたグレイスがマリベルに小声で知らせてくる。

「ガリム様、ようこそいらっしゃいました」

「ありがとうございます。楽しみにしております」

一人一人出迎えて、挨拶をする。交わす会話自体はほとんど変わらないけれど、名前をきちんと覚えて呼ぶことが重要らしい。

それも元王妃の侍女だったグレイスが教えてくれるからできるのだけれど。

「メリソン様、お越し頂きありがとうございます」

次に来たのは紹介されたばかりのオスカーの部下なので、グレイスに大丈夫だと合図を送って、挨拶する。

「こちらこそ、奥様。お招きありがとうございます」

彼は貴族の出身らしく、社交の場にも慣れているようだった。

燕尾服も着慣れている感じがする。

「私が団長に代わってお守りしますので、ご安心ください」

「頼りにしています」

オスカーの伝言を聞いた後、彼がマリベルのもとへ来て、自分が晩餐会に出席するので少しは安心してほしいと言ってくれた。

立場的にも、出自的にも問題ないため、警護も兼ねて出席するよう事前にオスカーから言われていたらしい。

何か問題が起こったら、彼を頼るようにと伝言にも書かれていた。

それから何の問題もなく、数名の客人と挨拶を交わしてテーブルに案内させる。

「奥様、宰相のヒューゴ様です、ヒューゴ様」

グレイスが二度名前を教えてくれる。

これは要注意人物だという合図だった。

「これは宰相様、いらっしゃいませ、今夜はお楽しみください」

「ええ、楽しませてもらいますよ」

彼は口元に笑みを浮かべて、さっさとテーブルに向かう。その表情がどうも気になったけれど、すぐに次の客人が来てそれどころではなかった。


晩餐会は最後に王と王妃が大広間に姿を現し、着席とともに何の問題もなく始まった。

この日のためにコックと相談した料理が運ばれてくる。

「王宮では見たことのない料理だな」

「珍しい料理ね。でも、香りも味もいいわ」

挨拶の後に食べ始めると、王と王妃を始めに出席者たちから賞賛の声が上がる。

「普段から素晴らしい料理を召し上がっていると思いますので、晩餐会では、この土地のものを中心に用意させて頂きました」

「素晴らしい考えだわ」

マリベルはメイド長のグレイスとも相談して、晩餐会だけでなく、滞在中に出す料理すべてに領地内の郷土料理や、特産品をふんだんに取り入れた。

それは珍しい川魚のオーブン焼き、ウォルド領内でしか食べられていない未熟性の果実の塩漬け、卵をふんだんに使った牛肉のスープなどで、その中にはマリベルが試作したベイクドバーも入っている。

当然、庶民の料理が多いのでそのまま出すようなことはしない。コックが頭を悩ませて、それぞれ貴族風にアレンジしてあった。

ベイクドバーなら、蜂蜜ではなく、砂糖とバターをふんだんにつかって、さらにラム酒につけ込んで柔らかいものにする。仕上げにフルーツのソースと果実をたっぷり上からかけて、フォークとナイフで切り分けて食べるようにした。

「これが噂のベイクドバーね。果物ともマッチしているし、食感もいいわ」

「王様と王妃様がお召し上がりになるということで、上品に仕上げさせて頂きました」

王妃は気に入ってくれたようだ。

ほっと胸を撫で下ろす。

「でも、せっかくだから普通のベイクドバーも食べてみたいわね」

「でしたら明日の朝食に用意させて頂きます」

王と王妃はウォルド城に三日間滞在することになっている。

いきなり庶民が食べる物を出すと周りが無礼だと騒ぐかもしれないけれど、こうして王妃の希望ということになれば、誰からも文句は出ないだろう。

「んっ？　苦い？　なんだか二口目は味がおかしいような……うっ」

急に王妃が口を押さえる。

――えっ⁉　何が？　そんなはずが……！

「大丈夫、気にしないで。なんでもないわ」

侍女が駆け寄ったけれど、王妃が事を大きくしないようにとすぐに戻らせる。

「きっと少し疲れているせいだわ。マリベル、悪いけれど先に失礼していいかしら？　料理もこれで終わりでしょうし」

「こちらはお気になさらずお休みください」

侍女数人に付き添われ、お腹を押さえた王妃が大広間を出て行く。

「わしも失礼する」

国王も席を立ち、王妃の後を追う。

残った者たちは一斉に騒ぎ始めた。中には「腐ったものが混ざっていたのか？」などとわざとらしく囁く者もいる。

――一体どうすれば……。

呆然としているとメリソンが目立たないように膝を折って、後ろから話しかけてきた。

「王妃は腹痛を訴えています。幸い毒の症状は出ておらず、下剤を飲んだ時のような症状です。何かが混入したのか、もしくは食材に問題があったのか？」

「ありえません。特に王と王妃に出す皿には細心の注意を払っているので」

事実だとすれば、その料理を作った者は死刑、責任者であるオスカーと自分も、領地を没収された上に、罪人とされてしまうかもしれない。

「すぐに誰が、何のために混入させたのかを調べなくてはなりません」

メリソンの言う通りだったけれど、本当に犯人が見つかるかはわからない。

すると最悪の状況へ、さらに追い打ちをかける者が現れた。

「何をそこでこそこそと話をしているのです？　マリベル夫人」

声を上げたのは、入場の際に嫌な笑みを浮かべていた宰相のヒューゴだった。

「まさか王妃に腐ったものを食べさせて、それを誤魔化そうと相談しているのではありませんな？」

「違います！　王妃様の様子が心配で状況を教えて頂いていただけです」

認めるわけには当然いかないし、疑念を持たれるわけにもいかない。マリベルは咄嗟に強く否定した。

「信じられませんな。田舎者だから、腐った物も普段から食べていて、気づかなかったのでは？」

宰相の声が大広間に反響する。

彼は勝ち誇ったようにマリベルを見下していた。

――きっと彼が犯人だ。オスカーを陥れるために。

それは勘でしかないけれど、おそらく間違っていない。入り口で不敵な笑みを浮かべたのは、きっとこうなることを知っていたからだ。

「奥様、ここは一度晩餐会を終わらせてしまうべきかと思います。今、この場では何も証明できませんから、王都で潔白を訴えるしかありません」

メリソンの助言にマリベルは首を横に振った。

それこそ宰相たちの思うツボな気がする。出席者を退場させれば、この場は収まるけれど、マリベルたちの立場がより悪くなる。

「チェルシーに言って、腹痛に効く薬をすぐに王妃に届けてください。この場は私がなんとかします」

自分はオスカーの妻であり、今でも薬師だ。毒薬も下剤も薬であり、自分ならその痕跡を見つけられるかもしれない。いや、見つけなくてはならない。

「そうそう、晩餐会の前にも何か騒ぎがあったようですね？　耳にした話だと、王妃様の扇が盗まれたとか。もしや……」

宰相の煽るような発言に、周囲がより騒がしくなる。

このままだと収拾がつかなくなる。

――オスカーがいないのだから、私がなんとかしなくては！

勇気を振り絞って、マリベルは席から立ち上がった。

「扇については現在、夫自身が犯人を追っていますのでじきに詳しいことをみなさんにお話しできるはずです。お待ちください」

自分を奮い立たせて声を張り上げる。

すると「騎士団長が直々に」「だったら安心だな」など出席者から聞こえてくる。しかし、すぐに宰相が大広間の雰囲気を引き戻した。

「誤魔化さないでもらいたいですな。王妃に腐ったものを食べさせた事実は言い逃れできませんよ」

扇についてはこちらではなく、宰相が言ったことなのに……。

反論したいけれど、すっかり周りの者たちは「そうだ、そうだ」と再び疑惑の目をマリベルに向けている。

「王妃様が腹痛の症状を訴えている以上、料理に何か問題があったことは確かです」

逃げようとすれば、より疑惑が強まるだけだ。

「認めましたね？　今、この者は王妃への罪を認めましたよ。さあ、騎士たちよ、すぐにこの女を捕縛しなさい」

「お待ちください！」

騎士たちがどうしたものかと戸惑う中、マリベルは精一杯、声を張り上げた。

「私も私の使用人も間違いは犯していません！」

丁寧な口調はもう諦める。

なりふり構っている場合ではなかった。

「ならば、どうして王妃が食事をしてすぐに腹痛に見舞われたのですか？　答えられるのでしょうね？」

「その原因を今から探します！」

「何を言うかと思えば……」

呆れる宰相を無視して、マリベルは王妃の席に向かう。

マリベルは皿の上を、よく観察した。

遅効性の毒の場合もあるだろうけれど、タイミングから言ってこの皿の可能性が高い。晩餐会の場でいきなり体調を崩すほうが、有無を言わさずマリベルを捕えるには適しているし、印象的だからだ。

食事の後だと、別の場所で口に入れた物かもしれないと言い逃れができてしまう。見た目では何も不審な物は見つからない。

今度は半分残っているベイクドバーをナイフとフォークで分解して調べていく。しかし何も見つからない。ならばと、今度はソースを調べた。

「時間を稼ごうとしているのは明らかです。さあ連行しなさい」

仕方なく、騎士たちが捕まえようと近づいてくる。マリベルは意識を集中し、皿の上にある毒物を必死に探し続けた。

「あった！」

騎士に腕を摑まれる瞬間、マリベルはそれを発見した。

ベイクドバーの中に、松の実とは違う、植物の種子を見つける。

――――この形……この色……。

「何が出てきたというのです、いい加減諦めて――――」

「これは瓜の種。中毒を起こし、嘔吐や下痢を引き起こします」

さらに探すともう一つ同じヘチマの種が出てくる。

「でたらめを……」

「私は薬師です。瓜は種以外の部分が薬になりますし、瓜の中毒症状も何度か診たことがあります」

栽培が容易なことから、庶民の間ではヘチマを食べることがある。また、中に含まれる水分はよい薬になるので知っていた。

「知っているからなんです？　そのヘチマの種とやらをこの城の使用人が混ぜたことには変わりないでしょう？」

「ですから、使用人たちに間違いはありません」

マリベルは、はっきりと再度否定した。

優秀な使用人たちを信じている。料理では使わない瓜の種を混入させるようなことは、ない。

そこでふと、マリベルはヒューゴの言葉におかしな点があることに気づいた。

――確か〝ヘチマの種〟と言った？

マリベルは瓜としか言っていない。

瓜科には様々な種類があるので瓜の種だと言ったのだけれど、彼はヘチマと口にした。

それがなんなのか知っているからだ。

ただ、それを追及するだけだと言っていないと言い逃れされるかもしれない。

「誰かが料理に混ぜた可能性があります。この場の者の荷物を調べさせて頂けますか?」

「何を馬鹿なことを、何の権限があって――」

「王妃の命を狙った者がいるかもしれないのに、調べないというのですか?」

――ここで逃がしてはだめ!

間髪を容れずに宰相を追い詰めていく。

「もう一度お願いします。荷物を調べさせてください。宰相様から」

「そ……それは……」

焦った様子からも犯人は宰相に間違いないようだった。村娘なんて、きっと何もできないで怯えているだけだと高をくくっていたのだろう。

「騎士様、お願いします」

王妃に薬を渡して戻ってきていたメリソンに視線を送る。

彼は頷くと、二人の騎士に宰相を取り押さえさせ、自ら荷物を確認していく。

「このような屈辱……後悔しますよ」

怒りの形相で宰相がマリベルを睨みつけてくる。

メリソンは彼の上着からハンカチ、ペン、そして、三角形に折られたメモ用紙らしきものを取り出しテーブルの上に置いた。

「……ほら、種など持っているわけがないでしょう」

宰相の口調に先ほどまでの強さがない。

荷物を調べられて焦っているのは間違いなかった。

マリベルの勘だとこの中に種ではなく、アレがあるはずだ。悪事を働く者ほど小心者で、少しの不安も大きくなる。

注意深く、彼の荷物を見回していく。

――――わかった、これだ！

マリベルは、メモ用紙に手を伸ばす。

三角形に折られていたものをゆっくり広げていく。

「薬ですね、これ。中毒の症状を和らげる薬。万が一、毒を自分が口にしてしまった時のために持っていたんですね？」

「違う！　これは違う！　わ、わたしは腹が弱いので常に持ち歩いているんだ」

さすがに粉の状態で何の薬かわからない。

けれど、それが貴族にわかるはずもなかった。マリベルが薬師だと名乗ったことで、知っていると思い込み、認めてしまった。

「ひどい言いがかりだ。証拠なんてないだろう。わたしは失礼させてもらう」

状況と宰相の狼狽えようからして、犯人は彼に間違いないのだけれど、誰も彼が逃げるのを止めることができない。

――どうしよう。せっかく追い詰めたのに……。

逃げられたら、それこそこれ以上追及できない。

料理を食べて王妃が体調を崩したという事実だけが残ってしまう。

今度こそ、打つ手がなかった。

※　※　※

一方、ワイアットを追いかけていたオスカーは夜の森を疾走していた。

使用人に伝言を託したりしたのでだいぶ出遅れたはずだったが、すでにワイアットに追いついている。

やはり、二階から落ちた時に無傷とはいかなかったらしい。

ゆっくりと、狩りをするように、森の中を追い詰めていく。

「く、くるな！　なんでおまえが追ってくるんだ！」

恐怖に駆られたワイアットがついに足を止める。

「観念したか？　大人しく黒幕を吐け」

ゆっくり彼に近づいていく。

すると、急にワイアットが何かを取り出した。

「う、うるさい！　誰がおまえなんかに……近づくと、扇を燃やすぞ」

彼が手にしていたのは、火打ち石だった。野営用に支給されたもので、加工されて簡単に火花が出るようになっている。

扇は大事な証拠なので燃やされるわけにはいかない。

「俺がさせると思うか？」

オスカーは素早く地面に落ちていた石を拾うと、そのまま彼に向けて放った。

「ぐっ……」

寸分違わず、ワイアットの手に当たり、扇が地面に落ちる。

その隙を逃さず距離をつめて、扇を回収した。

「まだ逃げるつもりか？」

「そ、そっちこそ、まだ追ってくるのかよ！　もうオレのことなんてほっといてくれ！」

情けない声を上げて、ワイアットがまた逃げて行く。

距離を保ちながら、追い続ける。

「くそっ！　くそっ！」

しばらくすると、前方から彼の悔しそうな声が聞こえてきた。

どうやら先は急な崖で、逃げ場を失ったようだ。

「なんでだ？　なんでオレにばかり運がない？　こんなことになる？　貴族に生まれたっていうのに家は継げず、兄に追い出され、騎士にしかなれなかった」

ワイアットが肩を落とし、うなだれている。

興奮させないように、距離を取ったまま、オスカーは立ち止まった。

「運がない？　騎士にしかなれなかった？　お前の生きてきた道をなぜ他人のせいにする？　ここまで自分で選択し、自分で進んできた道だろう」

「あんたに何がわかるんだ！　庶民の出なのに、騎士団長にまで登り詰めた幸運なやつが……自分の欲しかったものを手に入れたあんたが憎らしかった……あんたが羨ましかった」

やっとワイアットの本音を聞いた気がした。

もっと早く聞いておけば、今とは違った結果になったかもしれない。

「だったら俺がもう一度お前の根性を叩き直してやる。今度は本気で、俺が自らの手で」

オスカーの言葉に、ワイアットは信じられないと目を見開いた。

「……何言ってんだ。そんなのあんたらしくない。前のあんたなら何も言わずにオレを力尽くで捕まえて、牢に入れたはずだ。結婚して臆病風にでも吹かれたのか？」

「…………」

ワイアットに言われて、オスカーも自分が変わったことに初めて気づいた。

確かに以前の自分なら、ワイアットのことなどすぐに見捨てていただろう。民を守る、国を守るという目的に関係ないものには興味などなかった。

けれど、今は違う。

おそらく気づいたんだ。身近な者を守らずに、大勢を守ることなんてできるはずがない。国や民という幻想を守ってた気になっているだけだ。

それもすべてマリベルと生活している中で、気づかされたことだった。

彼女はいつも周りのことに一所懸命になっている。たとえ、それが自分とほとんど関係ないことでもだ。

村の人間を、嫌味を言われながらも治療し、倒れている見ず知らずの女性を助け、遠い町の問題を解決してみせた。

「確かに、俺は結婚して丸くなったのかもな」

「ははは……やっぱりそうか」

ワイアットの乾いた笑いが森に空しく響く。

「だが丸くなって、周囲がよく見えるようになった。前よりも守るものが、守りたいものが見えてきた。俺は俺と少しでも関わった人間を守る。簡単に見捨てはしない……それはお前もだ」

「はっ、何言ってんだか。まったく馬鹿らしくてやってられねぇよ……まったく」

ワイアットは力が抜けてぺたんと座り込む。

その顔は言葉とは裏腹に、どこかすっきりしたように見える。

「さあ、帰るぞ。心配するな、俺がなんとかしてやる」

「いっ！」

オスカーは強引にワイアットを立たせると、その腰を思い切り叩いてやった。

※　　※　　※

せっかく追い詰めたのに……。

宰相が大広間から逃げて行くのを見ているしかないの？

マリベルが自分のふがいなさを嘆き、諦めようとしたその時、ヒューゴが辿り着くより早く、大広間の扉が勢いよく開いた。

「待て、どこへいく、ヒューゴ？」

俯いていたマリベルは、ハッと顔を上げた。

低くて、よく通り、自信に満ちた声、聞き間違えるわけがない、オスカーだ。

「オスカー、邪魔をしないでください。わたしは退出するところです」

「いや、ここは通さない。ヒューゴ、お前に用があるからな」

騎士団長の登場に、出席者たちが今度は無言でその様子を窺っている。

彼のおかげで一気に形勢が逆転した。宰相に肩入れしようとする者は誰もいない。

「わ、わたしは用などありません。通しなさい」

「通さないと言っただろう！」

オスカーが強い意思を込めて言うと、宰相は腰を抜かしてその場に倒れ込んだ。

戦場を生き残ってきた騎士団長に、城で内政を取り仕切ってきた宰相では相手にならなかった。

「オスカー、扇は？　取り返せたのですか？」

「ここにある。犯人もな」

オスカーが王妃の扇を掲げてみせる。

そして、申し訳なさそうに彼の背からワイアットが出てきた。

「こいつが次期団長にしてやるとそそのかされてやった」

ワイアットが「その通りです」と力なく肯定する。

「誰にそそのかされたか、言え」

オスカーの質問に、出席者たちが一斉に床に尻餅をついている情けない宰相を見た。

「ちがう、ちがう……」

首を何度も横に振る宰相を、ワイアットが指す。

「宰相のヒューゴ、こいつに騙された。証拠に指示の書かれた手紙もある。王妃の侍女の一人が協力者だ」

諦めたように話すワイアットと、怯える宰相の様子で、真偽は誰の目にも明らかだった。

「……嘘だ、これは、これは陰謀だ。わたしを陥れるための陰謀だ」

宰相がうつろな目でぶつぶつと呟く。

「往生際が悪いぞ。メリソン連れて行け」

「はっ、団長！」

メリソンと騎士二人が宰相を連行していく。

オスカーは他の騎士に指示を出して、協力者の侍女を捕まえに行かせる。そして、やっとこちらへ来てくれた。

「マリベル、すまない。留守にして。宰相の悪事を暴くにはワイアットを説得するしかなかった」

「いいえ、きっと戻ってきてくれると信じていました」

他人の目も気にせず、つい彼に抱きついてしまう。

もう二度とこうすることもできなくなっていたかもしれない。そう思うと、彼の感触が愛おしい。

「もう全部終わった。大丈夫だ」

力強く彼が抱きしめ返してくれた。


王と王妃がウォルド城に滞在する残り二日は、何も問題が起きずに過ぎていった。

彼らを領地内に連れて行ったり、自然の中で癒やされてもらったり。

王妃は恋の話が大好きで、あれこれ聞いてきたり、助言をもらったりして、マリベルはすっかり仲良くなり――――。

国王たちの出発前夜、ウォルド城では宴が開かれていた。

今度は晩餐会のような堅苦しいものではなく、音楽や余興もある、穏やかな雰囲気で進んでいった。

「しかし、今回は初日からどうなってしまうのかと心配したぞ」

「申し訳ありません」

笑いながら杯をあおる国王に、オスカーが謝る。

「まったくわたくしに下剤を盛ったなんて……死刑ものですわよ」

「もちろん、わしも怒っておる。だが、あれでも今まではきちんと国のために尽くしてくれていたのだ。どこでどう道を間違えてしまったのか」

寂しそうに国王が王妃を宥める。

幸いなことに、この事件に関して王も王妃も言葉ほどには怒ってはいなかった。

逆にマリベルのことを心配してくれたぐらいだ。

王はオスカーから報告を聞いてすぐ、宰相ヒューゴと騎士団小隊長ワイアットの任を解いた。

正式な処罰は後日決定するが、宰相の悪事を証明したワイアットはオスカーの嘆願もあり、身分剝奪の上、騎士団長預かりとなるだけで済んだ。

ヒューゴも命までは取られず、何年か罪を償うことになるという。

「人というのは変わるものだな、オスカーよ」

「ええ、俺も変わりました。マリベルのおかげで」

「えっ？　私？」

いきなり自分の名前が出てきて、驚く。

「あら？　気づいてないの？　この無口で、いつもぶすっとしていた鬼の騎士団長が、あなたと出会って、どれだけ普通の人になったか」

「すみません、それっていいことなんでしょうか？」

「ふふふ……」

マリベルの質問は、王妃の笑い声でかわされてしまう。

「そういえば、あやつだけは変わっておらんな」

国王が視線を向ける先には、余興としてリュートを弾いて、見事な歌を口にするレンツ村の長アルロがいた。

村の者は彼だけではない。ピアノは酒場の店主ネッドで、ヴァイオリンを奏でるのは羊飼いのケイトリンだ。

急遽国王一行の訪問が決まったので、楽隊の手配がつかなかったのだけれど、どこでそれを聞きつけたのか、自分たちが演奏しようと村長たちが名乗り出てくれたのだ。

「陛下は村長を知っていらっしゃるのですか？」

「あぁ、古い友人だ。まだわしが王太子として兵を率いていた頃、アルロは参謀だった。何度、あの悪知恵と明るさと、リュートに助けられたことかわからん。戦が落ち着いて、故郷に帰ると聞いていたがこんなところにおったのか」

その後、国王がマリベルに小声で「ケイトリンはその時に通っていた酒場の看板娘でな。二人で競うように毎晩口説いたものだ」と呟いた。

さすがに、今の言葉は王妃に聞かせられなくてひやひやする。

それにしても村長が騎士だったなんて、知らなかった。

確かに体格がいいし、色々知っているし、何者だとは思っていたけれど、まさか国王の知り合いとは思わず。

驚いて楽団を見ていると、突然、音楽が止む。

「老いたる戦士よ、踊ることを忘れた戦士たちよ。あぁ、何と悲しいことか、悲しいことか。太陽がめぐることを忘れたか、時が戻らぬことを忘れたか」

アルロの見事な歌声とリュートの音だけが大広間に響く。

「……！」

そして、突然、テンポの速い音楽が鳴り響いた。楽器だけでなく、足音と手拍子でダンダンダンダンとリズムを奏でる。

「回れよ、回れよ、男たち。踊れよ、踊れよ、娘たち。この世は、二つ。踊るか、回るか。さあ、皆、踊れ。すべてを忘れて回れ」

参加者たちは突然始まった激しい音楽にぽかんとしている。

「ぬっ、わしを誘っておるな。今のお前には踊れなどしないと。こしゃくな！」

国王は立ち上がると、王妃の手を取って誘う。

「あなたたちもいらっしゃいよ」

今度は王妃がマリベルとオスカーも誘う。

「宮廷ダンスなんてまだ私には無理です」

「あれはそんな上品ぶった、つまらないものではない。あやつの歌の通り好きなようにただ回るだけだ」

国王はそれだけ言うと、王妃の手を引いて楽団の前に躍り出た。

「マリベル、行こう」

「はい！」

マリベルとオスカーも二人に続く。

村の楽団が奏でるダンスは、国王が言うようにとても楽しいものだった。

二人一組になって、手を取り合ってただ回り続ける。ステップや動きはなんでもいい。

「わしの命で今日は無礼講だ。踊りたい者は誰でも来るがいい。身分も立場も関係ない」

王の宣言で宴の出席者たちだけでなく、使用人も踊り始めた。最初は二組だけだったのが、いつの間にか大広間にいるほとんどの者が踊るか、手拍子をするかして参加していた。

皆が一体になって、誰もが笑みを浮かべている。

こんなにも楽しい夜は経験したことがなかった。


昂揚感で、眠れそうにない……。

マリベルは興奮冷めやらぬまま、私室へと戻ってきていた。

王と王妃を、しっかりもてなせたことが、ついさっき終えたばかりのことなのに、信じられない。

夜になり、心も身体も限界で、すぐにベッドへ倒れ込みたかったけれど、途切れない昂ぶりがある。

すると、さっき離れたばかりのオスカーのことが頭に浮かんだ。

寝て起きたら、すぐに会えるのに、とても恋しい。

もう疲れて眠ってしまっていることだろうけど……。

顔を見たい気持ちを自制して、マリベルはドレスへと手をかけた。

豪奢なドレスは、ダンスをしたせいもあるのか、マリベルの肌に食い込んでいる。

装飾品を無くさないように慎重に外しトレーへと載せていると、扉の前に気配を感じた。

どうやら過敏になっているみたいである。

チェルシーかな？　音がしないので気のせいかと思ったけれど、マリベルは声を出す。

「誰ですか？」

「……俺だ、入るぞ」

声の主がオスカーで、心が躍った。

扉が開いて見えた姿は、同じく見送りの衣装のままのオスカーで。

「まだ、着替えていなかったのですか？」

「お前こそ、似合っている姿のままだ。もう一度見たかったから、俺は幸運だ」

彼もまた、眠れそうにないのか、同じようにうろうろしていたのだと感じて、マリベルの心は幸福感に包まれた。

「私だって、面と向かって観察できませんでしたから……うん、惚れ惚れします」

マリベルはオスカーのクラヴァットへと手をやり、少し直してから目を細めて見つめてしまう。

けれど、一歩遠くで眺めようとしたところで、離れがたくなり、手の届く位置に立った。

「……ふふっ」

「ははっ、無事に終わったな」

認め合い、達成感が誇らしく胸へと広がる。

どちらからともなく、手を取り合って、右手も左手もぎゅっと握手をした。

「……こんな小さな手で、お前は頑張ってくれたんだな」

「オスカーこそ……さすが騎士団長です」

最愛の夫でこれ以上はないと思っていたのに、もっと惚れ直してしまう。

「ははっ、嬉しい」

オスカーが笑い、照れを誤魔化しながら、マリベルの頬へと口づけた。

少し背伸びをして、それを受け入れていると、背中にがっしりとした腕が回されていく。

「マリベル……」

「……オスカー」

ぎゅっと抱きしめ返すと、彼の匂いで胸がいっぱいになる。

逞しい胸筋に耳を当てると、服越しでも、ドキドキとしているのがわかった。

背中の彼の手がふっと緩み、マリベルの顎へと添えられる。

――あっ……キス、される……。

流れるような動作で、マリベルは目を閉じて彼の熱い唇を受け止めた。

「んっ……ふ……んぅ……」

ぴたりと吸い付くようなキスが、息継ぎをしてからは、貪るものへと変わっていく。

「あっ……んぅ……んっ……あっ……む……」

「……っ、く……っふ……」

ベッドまでの距離を、マリベルは自然に頭の中で計算していた。

それは、オスカーも同じみたいで、キスをしながらベッドへなだれ込む。

ドスッと彼の胸に倒れ込んだマリベルは、彼を枕にしていたことに気づいた。

そのままオスカーが、腕の付け根を握って、離してくれない。

「んっ……あっ、オスカー……？」

「今夜は、俺の女神を崇めさせてくれ……」

うっとりと、マリベルを認めてオスカーが囁く。

「は……い……」

マリベルが頷くと、下から手が伸びてきて、顔の輪郭を唇で撫でてきた。

オスカーを見下ろす形で戸惑うけれど、好きなだけ彼の顔を見ることができる。

――照れるから……目は合わせないようにしよう。

けれど、オスカーが鳶色の瞳で真摯に見つめてくるので、目が離せない。

マリベルもまた、彼と瞳をかわしたまま、その屈強な身体を撫でていく。

大好きな首筋に鎖骨、ごつごつした手、熱い唇。

そうしていると、マリベルが座っている彼の胴に異変が起きた。

下腹部の、マリベルの腿に当たる場所が硬くなってきている。

——こ、れって……。

戸惑いが伝わったのか、オスカーが息を吐いた。

「苦しい……楽にしてくれ」

「……っ、んっ」

堂々としている彼の前で、恥ずかしがるわけにはいかない。

マリベルは、勇気を出して、もぞもぞとオスカーの下衣を緩めた。

むくりと、肉杭が出てきて、マリベルは耳まで熱くなった。

——もう……こんなに……。

すると、オスカーもまた、器用にマリベルの下着だけ脱がしてしまう。

いつの間にかドレスも剝かれてしまっていて、コルセットの紐を解かれて息が楽になる。

「あっ……脱がしちゃ……あっ……」

「マリベルの世話をして何が悪い？」

胸へつつっと指を這わせながら、オスカーが悪戯っぽく言う。

仕返しとばかりに、ツンと欲望を指先でつつくと、彼が呻いた。

「ぐっ……っ、マリベル……もう限界だ、挿れてくれ」

「えっ……あっ……わ、私がですか……あっ……」

オスカーの肉棒がマリベルの手の近くで、びくびくとしている。

その快感を知っていたから、胸の奥も身体の芯も、ぎゅっとなった。

――い、挿れ……る……？　あっ……う。

ふらふらとマリベルは、オスカーの上に改めて跨った。

彼の言わんとしていることが、わかったのだ。

だって、これまでのまぐわいで、色々な形があると知ってしまったのだから。

「んっ……そ、れじゃあ、あの……んっ……！」

マリベルは勇気を出して、彼の肉棒を秘所へと当てた。

このまま座れば、呑み込むように挿る気がする……。

「あっ……！　きゃんっ……！」

けれど、雄々しいそれは、マリベルの愛液でつるんと滑って、触れさせていた入り口から動いてしまう。

「つく……ふ……マリベル」

オスカーの恨めしそうな声が、切なく響いた。

マリベルだって、今の柔襞を滑る刺激にビクンとしてしまったのだから、お互い様であるのに。

「ごめんなさい……んっ……こ、今度こそ……っく、あぁぁっ！」

彼の腰へ跨って座るように腰を落とすと、ズブッと肉杭が蜜壺へと挿ってくる。

「ああっ、あっ……んぅ……んっ……」

軽く入れただけのつもりが、中ほどまで入ってしまったみたい……。

角度がついて、刺激されたことのない膣襞がくいっと押されてしまい、ぎゅうぎゅうになっていく。

――ま、まだ……ダメ……あっ。

マリベルが腰を浮かせようとすると、オスカーの手が伸びてきた。

そして、大きな手でマリベルのそれぞれの手を捕まえてから、指を交差して絡めてくる。

「あっ……んぅ……オスカー……あっ……ふぁ……」

「逃がさない」

そう囁かれた途端に、大地が揺れる挿入が下から起こった。

「きゃあぁっ……んぅ……ふぁっ、ああっ……」

「すまん……我慢できない……っ」

オスカーが腰を上げて、突き上げてきたのだ。

逃れる場所のない秘所は、下からぐちゅぐちゅと突かれて、あっという間に快楽に翻弄される。

「あっ……オスカー……ああっ……！」

――強いのに……気持ちいい……ああっ。

ズンッズンッと全身を芯から揺さぶるような悦楽は、マリベルを絶頂へとあっという間に導いていく。

それは、オスカーも同じなのか、吐息まじりの呻きが聞こえて、余裕のない息遣いと鼓動を近くで感じた。

「きゃ……んっ、ああっ、ああっ……ふあっ……ああっ！」

「マリベル……っ！」

達したのは同時で、互いの身体の芯がブルリと震える。

そして、精が放たれ愛液と混ざり合って零れ出す。

「あぁ……んぅ……ふぁ……ああっ……」

取り合った手は汗ばんでいた。

けれど、離さずにマリベルはオスカーの胸へ倒れ込んだ。

【エピローグ】蜜月はゆっくり、たっぷり

矢のように過ぎた二ヶ月半。オスカーの休暇が終わるまでの残りの日々はゆっくりとした時が流れた。

領主としての仕事も落ち着き、嬉しいことに二人で一緒にいることが増える。

今日も、週に二日のレンツ村へ薬師として行く日だったのだけれど、オスカーがついてきてくれた。

村人に挨拶して、怪我人や病人がいないかゆっくり二人で見て回ると、最後に村長のアルロを訪ねる。

「アルロさん、マリベルです」

「勝手に入ってくれ」

いつも通りの声が聞こえてきた。

中に入ると今日は先客がいる。ケイトリンかと思ったけれど、それは騎士を剝奪され、ウォルド領の代官となったワイアットだった。

「来ていたのか」

「あっ、はい。ちょっと村長に相談を頼まれていて」

オスカーが声をかけると、以前に比べて表情がとても穏やかになったワイアットがばつが悪そうに頭をかいて答える。

「何言っとる？　相談に乗ってたのはほとんどわしのほうじゃろ」

「ははは……何言ってるんですか？　お互いにでしょ」

ワイアットの身柄を預かったオスカーは、彼を忙しい自分に代わってウォルド領を飛び回る代官にした。

ワイアットも命を救ってくれたオスカーのために、心を入れ替えて働いている。

元から領地経営に才能があったのか、彼は実績を次々挙げ、今では庶民に差別感を抱くことなく、逆に溶け込んでいるから不思議なものだ。

人はやり直せる、変われるのだという証のような姿だった。

「アルロさん、腰、随分良くなりましたね」

「ここ最近は、わしが骨を折ることも少なくなったからのう」

新人代官はレンツ村によく訪れては、アルロやケイトリンに難しい事案を相談し、代わりに村の手伝いを個人的に願い出ているようだ。

村人と汗を流し、アルロに叱られる彼の背中を何度か見たことがある。

何というか、心が温まる光景だ。

「ワイアット、そういえばアレの建設はどうなっている？」

「今やってますが、大きさが違うから苦労しているみたいで、時間がかかってます」

アルロの腰を診ている間、オスカーとワイアットがなにやら打ち合わせをしている。

「仕方がない。今後他でも作る予定だ。不備がないようじっくり作らせろ。資金の心配はしなくていい」

「わかりました。酒でも振る舞って、機嫌取っておきます」

どうやら領地で新たに抱えた技師の話をしているようだ。

「完成していればと思ったが、今日のところは家で入るぞ、マリベル」

「……？　あっ！」

何の話をしているのか、その言葉で気づき、顔を赤くする。

「ほんと、仲がよいことで」

「まったく、最強の騎士団長ともあろうものが」

ワイアットとアルロが呆れた声を上げた。


ちゃぷちゃぷと水の音が聴こえる。

それは、くすぐったくもある響きで、マリベルは湯につかりながら、背中を広い背凭れに預けた。

肌色をした筋肉質のそれは、すぐに手を伸ばしてマリベルへ悪戯を試み始める。

「あんっ……もう、オスカー」

「マリベルが誘惑するのが悪い」

二人がいるのは、ウォルド城に新しく作った浴室だ。

浴室といっても小さなバスタブがあるわけではない。石造りの大きな浴槽を床に設置して、大量のお湯を張ったものだった。

最近、領外から商人を通して石けんとともに伝わってきたもので、衛生的に良いと聞いて、試しに作らせたのだ。

村に作っているのは城のよりも大きなもので、湯も熱水泉を探し出して利用している。

オスカーはこの大きな浴槽がとても気に入ったようで、なんとなく二人で入るのが日課になってしまった。

一緒に眠るのも恥ずかしがっていた頃には、想像できなかったこと……。

マリベルは夫婦の営みが、ベッドの中だけではないことを、身をもって知りつつあった。

その一つが、生まれたままの姿で、一日の疲れをくっつきながらほぐすこと。

最近は毎日だ。今二人は、夜の浴室で、裸で湯につかりいちゃいちゃしていた。

――あんまり長風呂だと、のぼせちゃうから……。

マリベルは自分に言い聞かせる。

先日、こんな風にじゃれ合っていたら、時間を忘れてしまって、気づけばくらくらしていた。

それは半分、オスカーのせいかもしれないけど。

マリベルの胸をオスカーが見ているような視線を、背後から感じて、腕で少し隠す。

ちゃぷんと水面が音を立てた。

お湯の中でも、透けてわかってしまうのだ。

「隠しては駄目だ。もう少し見たい」

――やっぱり、じっと胸を見ていた。

オスカーの抗議の声は、微かな笑いを含んでいて、彼がマリベルのそばで心底寛いでいるのを感じる。

マリベルだって、安心しきっていなければ、一緒にお風呂に入るなんてはしたないことはしない。

愛しの旦那様とだから、できること。

「ほらほら」

オスカーがマリベルの手首を摑んで左右にどける。

そうされて、さらに彼の身体の背凭れが少し上に浮くと、マリベルの胸がたぷんとお湯から露わになる。

桃色に色づいた自分の胸を、マリベルは羞恥まじりに見た。

オスカーの大きな手が、双丘を恭しく……でも、いやらしく、揉んでいく。

「や……んっ……あっ……」

途端に甘い痺れが起こり、甘い声が出てしまう。

広い浴室内は声が響き、それさえも恥ずかしさを強くしていった。

――あっ……そこ、は……。

オスカーの手はすっかりマリベルを知り尽くしていて、胸の先の赤い蕾をつまむようにコリコリと動かしていく。

ビリリッと切ない刺激が走り、マリベルは身体を反らせた。

ずっと触れ合っていたから、蕩けかけていた秘部にも、ビリビリが届く。

――濡れちゃうから……ダメ……。

とろりと溢れた愛液が水の中でもわかり、マリベルは腰を浮かせて立ち上がろうとした。

でも、お見通しというように、オスカーが腰をぎゅっと抱きしめてくる。

「まだ早い」

「も、もうっ……オスカー……」

裸と裸なので、腕もお尻も触れ合う場所全部が、吸い付いて甘美な気持ちになる。

くっついているだけでも、そうなのに、感じるところを攻められては、陥落してしまう他ない。

オスカーの肉杭もまた、準備ができているみたいで、さっきから恥ずかしがる様子もなく、マリベルのお尻や背中に当たっている。

捕まえたマリベルを、ザブンとお湯の中に引き戻し、オスカーが足の間に座らせていく。

正確には――オスカーの熱杭の真上に……。

「ああっ！　んぅ……オスカー……っ」

ずぶっと、いきなり奥まで突かれて、マリベルは大きく喘いだ。

肉棒が柔襞を押し開き、秘所へズブズブと挿ってくる。

――いきなり、奥……なんて、ああっ……あっ！

「っ……マリベル……っふ……」

彼が挿したまま、ぎゅっとマリベルを抱きしめて小刻みに動かすので、逃れようもない快楽の振動が容赦なく襲い掛かってきた。

バチャバチャと水音がして、水面に波が立つ。

「あんっ……ああっ……んぅ……もう……っああ……っ！」

恥ずかしいのに、気持ちよくて、マリベルは髪を振り乱して嬌声を上げた。

オスカーもまた、切なげにくぐもった声を出し、マリベルを求めている。

その囁きが愛しくて、腕に込められた力が恋しくて、繋がっているところが切なくて、全身全霊で彼を感じた。

貪るようにガクガクと互いに腰が動いてしまう。

もっと、深く、近くで……。

ぐちゅぐちゅと肌の近くで濡れ合う蜜は、水なのか愛液なのかもうわからない。

マリベルはオスカーを感じて乱れ、オスカーもまた、マリベルを求めて、突き動かしていた。

「ああっ……オスカー……んぅ……あああっ！」

「っく……マリベル、愛している……っ」

二人同時に上りつめると、絶頂の喜びで満たされていく。

――ああ……オスカー。

マリベルは気怠い余韻の中で、荒い息を吐いた。

すぐに、その吐息ごと搦め捕るような口づけが、背後のやや上から降ってくる。

反射的に横を向いて、顎を上げてそれを受け止めた。

「んっ……オスカー」

「マリベル……」

身体を繋げたまま、唇も繋げる。

少し前まで……平民だった薬師の娘。

思い出を抱いて……一途に駆け上がった騎士団長。

ウォルド城の領主夫妻は、蜜月を味わいつくして楽しんでいく。

触れ合っている、熱いほどに温かい彼を、マリベルは想った――――。

……大好きな旦那様。

愛している夫。

領主らしく頑張る騎士団長。
突然村に現れた時は驚いたけれど、あの時の自分に……今、教えたい。
素敵な伴侶となる人だって。
強くて怖そうな顔をしていても、真面目で実は可愛いのだって。
触れ合わせていたマリベルの唇は、零れそうな愛しさで、微笑みのカーブを描く。

end

あとがき

こんにちは柚原《ゆずはら》テイルです。

『かつて助けた騎士様が領主になって求婚してきたのですが!?』をお手に取ってくださり、ありがとうございます。

今作は、騎士団長が押しかけてしまいます！　身分差のある庶民ヒロインとの攻防や、夫婦の不慣れな領地経営も楽しんで頂けますと幸いです。

可愛らしく表情豊かなマリベルと、武骨な騎士様のオスカーを素敵に描いてくださったのは、田中琳《たなかりん》先生です。

この場をお借りしてお礼申し上げます。ありがとうございます！

いつもお世話になっている担当編集者様へも感謝です。

また、この本に関わってくださった皆様へも、ありがとうございます。

もちろん、読者様にもありったけのお礼を！　おかげさまで書き続けていられます。

よろしければ、これからも見守って頂けますと嬉しいです。

柚原テイル

かつて助《たす》けた騎《き》士《し》様《さま》が領《りょう》主《しゅ》になって 求《きゅう》婚《こん》してきたのですが!?

ティアラ文庫をお買いあげいただき、ありがとうございます。
この作品を読んでのご意見・ご感想をお待ちしております。

✦ ファンレターの宛先 ✦
〒102-0072　東京都千代田区飯田橋3-3-1
プランタン出版　ティアラ文庫編集部気付
柚原テイル先生係／田中 琳先生係

ティアラ文庫&オパール文庫Webサイト『L'ecrin《レクラン》』
https://www.l-ecrin.jp/

著者――柚原テイル（ゆずはら ている）
挿絵――田中 琳（たなか りん）
発行――プランタン出版
発売――フランス書院
〒102-0072　東京都千代田区飯田橋3-3-1
電話（営業）03-5226-5744
（編集）03-5226-5742
印刷――誠宏印刷
製本――若林製本工場

ISBN978-4-8296-6945-7 C0193